MARIELA DABBAH

CUENTOS DE NUEVOS AIRES
Y BUENA YORK

Diseño de tapa: **Jaquelin Chusit**

Interior: **Liliana Rey**

Ilustraciones interiores:
Pérez Celis
Michelle Flaum

Metafrasta Ediciones

República Argentina

Dabbah, Mariela
   Cuentos de Nuevos Aires y Buena York - 1a ed. - Buenos Aires: Metafrasta,
2005.
   160 p. ; 22x15 cm.

   ISBN 950-9819-08-5

   1. Narrativa Estadounidense-Cuentos I. Título
CDD 813.

Fecha de catalogación: 18/03/2005

A mis padres

AGRADECIMIENTOS

Vivo en Nueva York desde 1988 y después del arduo trabajo de escribir durante tres años una novela en inglés, necesitaba volver al castellano. No es lo mismo escribir en la lengua materna que en un segundo idioma. No aparecen los mismos conceptos, las mismas intuiciones.

Mi hermana Paula –que vive en Buenos Aires- fue la primera que leyó estos cuentos y que me dio su opinión. Sin su "input" –mezcla de hermana menor, lectora inteligente y psicoanalista- estos escritos no serían lo que son; les faltaría una vuelta de tuerca.

Tampoco existirían estos cuentos sin Ingrid Ellicker, que me ayudó a reencontrarme con mi lengua desde el psicoanálisis y como consecuencia, a aterrizar por fin en Nueva York.

Roly Goldstein, me acompañó y ayudó a perder la incomodidad frente al acto creativo.

Mi corrector, Carlos Caron, increíble maestro y crítico de arte y de literatura, me corrigió los cuentos con un enorme cariño que se remonta a mi adolescencia cuando iba a su taller literario en la Escuela Del Sol. Gracias a su ayuda y su respeto por mi escritura terminé de redondear los textos.

Gracias a Gustavo Averbuj, mi primo y CEO de Ketchum Argentina, por el constante empuje, los consejos invalorables y por la campaña de prensa para promover el libro.

A Jaquelin Chusit le debo esta hermosa tapa que es una perfecta interpretación de lo que para mí representan estos cuentos.

Le agradezco a Liliana Rey el diseño gráfico que le da el perfecto marco a estas historias.

A Pérez Celis le debo el maravilloso dibujo de "Plantada" que guardo con tanto cariño.

Michelle Flaum que con tanto amor me entregó sus increíbles dibujos para "Espejismo", "Los locos" y "La historia no contada".

Gracias a Kevin Johansen por "Sur o no sur" que me movilizó profundamente durante la escritura de este volumen y que influyó en el título del libro.

A ellos y a quienes leyeron las diferentes versiones de mis cuentos a lo largo de este proceso creativo, quiero agradecerles su apoyo.

Mariela

INDICE

NUNCA UNA HISTORIA MÁS

El jueves, cuando me senté a escribir mi novela, me pasó algo que nunca me había pasado: apreté las teclas en la computadora y salieron letras inconexas; las palabras no se formaron. Borré y rescribí varias veces la misma oración pensando que a lo mejor le pasaba algo al teclado pero las letras no se combinaron para adquirir sentido.

Revisé el teclado pero parecía estar bien, no se me había derramado agua y tampoco se me había caído al piso. Probé apagando la computadora y prendiéndola otra vez pero las letras seguían sin pegarse.

Traté de conservar la calma aunque tengo que confesar que este inconveniente me estaba empezando a impacientar. Saqué del placard la vieja Olivetti que siempre guardo para cuando hay corte de luz y la puse en el escritorio al costado de la pantalla en blanco.

Una vez que puse una hoja de papel empecé a teclear pero enseguida vi que pasaba exactamente lo mismo: sólo obtenía letras descolgadas que se juntaban o se separaban si yo apretaba el espaciador, o no.

Con bronca, le di un manotazo al teclado y corrí la máquina a un lado. No encontraba una explicación lógica para esta situación que, aunque irrisoria, no dejaba de irritarme. Se me estaba yendo la mañana en tratar de que alguno de estos instrumentos funcionara.

Del primer cajón del escritorio saqué una lapicera y un cuaderno para probar el viejo método de escribir a mano. Pero inmediatamente comprobé que este sistema tampoco funcionaba ya que de la lapicera azul solamente salían unas preciosas letras que bien se podrían haber confundido con dibujos.

Enfurecida, tiré la lapicera a la otra punta de la casa (de paso rompí la pantalla de la lámpara del living) e hice un bollo con el papel y lo tiré al tacho de basura.

Volví a la computadora y entré a un sitio que visito a menudo. Es un boletín electrónico para escritores de ficción al que se puede recurrir cuando estamos frustrados y no encontramos más recursos para seguir adelante. Alguien había escrito este mensaje: "hace una hora que estoy tratando de empezar mi nueva novela y sólo me salen letras sueltas. ¿Alguien tiene alguna sugerencia?" Me quedé en shock. Ese mensaje lo podría haber escrito yo. Quise contestar pero sabía que las teclas no responderían. Pero... ¡esta persona había tenido el mismo problema y sin embargo había podido mandar el mensaje! Probé. Tac, tac, tac. "Yo también," escribí, y me quedé anonadada de que ahora las letras se ordenaran tal como yo quería. ¿Qué estaba pasando? ¿Por qué hasta hace hasta hace cinco minutos no podía escribir una palabra y ahora de repente, sí? Achiqué la página de Internet y abrí de nuevo la de la novela. Tac, tac, tac. Nada. No podía escribir nada. Evidentemente, algo me estaba pasando a mí, quizás a nivel creativo aunque me costara reconocerlo...

Volví al boletín electrónico. Verifiqué que muchos otros escritores habían mandado mensajes, todos comentando situaciones similares, como si nos hubiera atacado en forma masiva y simultánea, una extraña variedad de "bloqueo del escritor".

Lejos de consolarme, el hecho de que la situación fuera generalizada me angustió aún más. Que yo no pudiera escribir, era una cosa, pero otra muy distinta sería que nadie pudiera hacerlo y que no quedara nada más que decir. Porque en el fondo, en ese momento intuí que eso era lo que pasaba: que estaba todo dicho, que no quedaba nada nuevo por escribir.

Desconcertada, caminé ida y vuelta del escritorio a la cocina y de la cocina al escritorio sin pausa y confundida por la situación.

No podía imaginarme cómo sería el mundo si todo estuviera dicho. Si no se pudiera escribir nada más. Si no quedara un solo pensamiento diferente, una opinión, un sentimiento, una percepción que se pudiera formular o reformular con palabras nuevas. Si sólo nos quedara de forma fija lo que ya estaba escrito, lo que otros dijeron sin posibilidad de interpretarlo o rescribirlo. Si sólo nos quedaran las formas ya existentes de ver el mundo y de leerlo y no pudiéramos aportar una nueva mirada que enriqueciera nuestra experiencia colectiva. Si no pudiéramos crear algo diferente que desafiara las reglas establecidas.

Viviríamos entonces en un mundo donde los cambios no serían

posibles, una parálisis total de la humanidad, en definitiva: la muerte. Sentí terror ante esta posibilidad, volví al escritorio y del segundo cajón saqué los apuntes para la novela que tan diligentemente había preparado durante meses. Los releí. No eran más que el borrador de una novela intrascendente como las miles de novelas escritas todos los años por miles de autores desconocidos. Una novela que no se despegaba en ningún punto de lo que otros ya habían escrito antes. Entonces, ¿por qué había creído que esta novela merecía ser escrita y que era algo que valdría la pena de ser leído, o que dejaría una huella imborrable en el lector y en la literatura? Pensé, entonces que el problema, tal vez, no residía en que todo estuviera dicho sino en que todos decíamos lo mismo, nos repetíamos en historias y personajes y situaciones con limitada creatividad y poco riesgo cuando lo necesario sería que nos arrojáramos al vacío, a explorar la verdadera escritura: la que puede sacudir los cimientos de la cultura. La que plantea nuevas visiones del mundo. Sí, pensé, nos conformamos con escupir historias sin las cuales se puede seguir viviendo, sin las cuales sería incluso mucho mejor seguir viviendo y pensé en la cantidad de basura que se publica todos los años.

Guardé las hojas nuevamente en el cajón y enfrenté otra vez la página en blanco que me ofrecía la computadora. Sentí el mismo escozor que siempre siento frente a este vacío pero resistí el impulso de llenarlo con palabras trilladas por cumplir con las seis horas que le dedicaba a la novela diariamente.

Por un largo rato sólo dejé que los dedos se deslizaran sobre el teclado como si lo reconocieran por primera vez, como si yo reconociera la importancia de cada letra por primera vez. No sé cuánto tiempo pasó, pero lentamente, como de la nada, desde ese vacío comencé a escribir de otra manera.

INSOMNIO

La noche está pasando de largo sin que Matías Andrade pegue un ojo. Es la segunda noche en que Matías no duerme.

Todo comenzó ayer, después de leer *Funes el Memorioso*, el cuento de Borges. Lo leyó antes de acostarse y se desveló por completo. Lo inquietaba lo que había leído sobre Ireneo Funes: "Diecinueve años había vivido como quien sueña: miraba sin ver, oía sin oír, se olvidaba de todo, de casi todo".

Matías pensaba lo mismo de él. Veintitrés años y esa vida tan simple que llevaba, sin eventos destacables, nada que realmente lo movilizara, que lo sacara del tedio cotidiano de levantarse, ir a la facultad, comer, dormir... Veintitrés años y seguir así, sin entender qué se supone que podría hacer con esa vida que le dieron sus padres y seguro de que esto no puede ser todo.

Pasó la noche mirando el techo, pensando en Funes y repitiendo de memoria palabras de Borges: "Al caer, perdió el conocimiento, cuando lo recobró, el presente era casi intolerable de tan rico y tan nítido. Ahora su percepción y su memoria eran infalibles." ¡Qué increíble!, pensaba, que un porrazo te cambie la perspectiva. Que se te dé vuelta la vida así... de la noche a la mañana.

La segunda noche la pasa cambiando los canales de televisión y encandilándose con los flashes brillantes que chocan contra la oscuridad del cuarto, dando vueltas en la cama como si el cambio de posición fuera el secreto para encontrar el sueño. Se levanta a orinar reiteradas veces (ya no sabe si por necesidad o por aburrimiento). O tal vez porque cree que descargar esa leve molestia es lo que le facilitará el sueño. Pero no.

Como leyó en algún lado que lo mejor para dormirse es leer algo aburrido, Matías enciende una lámpara tenue al lado de la cama y toma el libro de gramática que usa en la clase de francés. Es lo suficientemente árido como para hacer dormir hasta al estudiante más interesado, piensa. Sin embargo, a medida que va pasando las páginas se da cuenta de que está aprendiendo nuevo vocabulario y nuevas estructuras gramaticales lo cual, considerando que durante la clase de francés nunca entiende nada, lo sorprende.

Decide aprovechar su indiscutible lucidez para avanzar en el estudio del idioma ya que está decidido a leer a Boris Vian en su idioma original.

Cuando se quiere dar cuenta, son las ocho de la mañana y ha leído o más precisamente absorbido la mitad de su libro. Al apoyarlo en la mesa de luz, Matías siente de pronto un agotamiento que lo aplasta; la cabeza densa, los párpados como calcomanías que se le adhieren a la córnea. Se tira en la cama y se queda profundamente dormido.

Dos horas después se despierta completamente alerta, como si no le afectaran las dos noches que se le escaparon sin dormir. Azorado de su estado mental, se viste y sale a la calle. Y como no tiene clase en la facultad hasta la tarde, aprovecha para comprar el diario y desayunar tranquilo en una confitería de la calle Santa Fe.

Le pide al mozo un café con leche y medialunas. Lentamente, mientras lee el Clarín, remoja las medialunas en el café y se las come saboreando cada bocado con un deleite inusual en él. De pronto, le viene a la mente que las medialunas en la Edad Media se colgaban a secar, de recién hechas, en los balcones y que por eso los balcones antiguos tienen una guarda de medialunas en lugar de flores. Se asombra de saber este dato, pero enseguida su atención se desvía porque sus papilas gustativas parecen haber desarrollado una hipersensibilidad: perciben cada molécula de azúcar y de manteca y de café con refinada exactitud. Inevitablemente, se acuerda de Ireneo Funes: él percibía cada racimo y fruto de una parra donde otros sólo veían una copa de vino, recuerda Matías. Y no puede dejar de pensar en los otros casos de memoria prodigiosa que menciona Borges en su cuento: Ciro el Rey de los persas que llamaba a todos sus soldados por su nombre; Simónides inventor de la mnemotécnica... Pero Matías de alguna manera sabe que también Napoleón conocía a cada uno de sus soldados por su nombre; que Xul Solar, el pintor argentino, aprendía cualquier idioma en dos días; que Mozart podía tocar una sintonía completa sin equivocarse una sola nota después de haberla escuchado una sola vez. Y también se acuerda de que en el Medioevo las ediciones piratas se hacían gracias a espectadores que después de ver una obra se la repetían palabra por palabra al editor que la transcribía y la imprimía para su distribución no autorizada.

Y en ese momento se siente profundamente feliz por esta incipiente hermandad con un personaje de Borges y por sumarse al grupo selecto de personajes reales con poderes extraordinarios.

Sus clases transcurren rápidamente y lo mejor es que en la de Literatura Francesa entiende todos los pasajes que la profesora Vegnac lee en francés, cosa que no le ocurría la semana pasada. (También Ireneo había aprendido latín y una serie de otros idiomas sin dificultad). Espera el final de la hora para acercarse a la profesora y decirle en perfecto francés que disfruta mucho de sus clases: *"J'aime vos classes. Elles sont très intéresantes. Je n'ai jamais apprécié cette langue jusqu' aujourd'hui."* La profesora Vegnac se queda atónita, Matías no sabe si porque la sorprende su dominio del francés o porque es la primera vez que lo escucha hablar desde que empezó el curso hace seis meses. Casi con timidez, la profesora le sonríe y lo felicita por su manejo del idioma.

Regresa a casa a las once de la noche y por unos instantes, Matías duda si irse a dormir o tratar de pasar otra noche en vela para continuar estudiando francés.

Pero en realidad sabe que no podrá dormir aunque lo intente. También Ireneo tenía serios problemas porque sentía que dormir era distraerse del mundo y por lo tanto permanecía despierto, tirado boca arriba en su catre.

Opta por sentarse al escritorio con su gramática y sin darse cuenta, llega a la última página a las siete y media de la mañana. Sin el más mínimo resto de energía, se deja caer extenuado en la cama y otra vez duerme por dos horas con una profundidad inaudita. Como si llevara años durmiendo a medias.

A las dos horas abre los ojos. En seguida se sienta en la cama y mira a su alrededor evaluando la realidad que lo rodea. Las cortinas son de un azul tan intenso que le lastima los ojos. No recuerda que fueran tan azules. Tampoco recuerda haber visto cada uno de los nudos en la madera de pino de su escritorio. Fascinado, Matías se levanta y acaricia el respaldo de la silla en la que ha pasado todas sus horas universitarias estudiando. La aspereza del tapizado le produce un rechazo inmediato. ¿Cómo es que nunca se dio cuenta de que esta tela picaba?

A lo largo del día Matías va descubriendo que todos sus sentidos se están agudizando. Sonríe incrédulo porque no puede ser que le esté pasando lo mismo que a Ireneo, a él, que creía que estas cosas sólo ocurrían en los cuentos de Borges.

Paseando por la ciudad, va identificando cada uno de los aromas de la gente que pasa por su lado. Sabe quién acaba de ducharse, quién es fumador y quién hace dos días que no usa desodorante. Le asusta un poco el potencial de su refinado olfato.

Pero lo más importante es que además de la agudización de sus cinco sentidos, su mente parece haber sido inyectada con una dosis de esteroides. Recuerda que, mientras Ireneo gracias a su afilada percepción compilaba detalles del mundo que lo rodeaba no podía pensar y se da cuenta de que él sí puede. Su cerebro está en constante movimiento especulativo, cuestionando y analizando cada premisa que cruza por su pantalla. Ya no acepta nada porque sí, sino que reflexiona sobre cada declaración que escucha o texto que lee. Siente con claridad cada una de sus neuronas haciendo "sinapsis". Pero a pesar de estar ahora comprometido con el estudio, las clases en la facultad se han vuelto muy simples. En el mismo tiempo que a cualquier compañero suyo le toma leer un capítulo, Matías termina el libro y puede escribir un informe completo acerca de su contenido.

No se explica qué ocurrió para que haya adquirido esos poderes extraordinarios. Porque a Ireneo lo había volteado un caballo, pero ¿a él? A él no le ha ocurrido nada excepcional, salvo que no duerme. ¿Será que las horas que antes desperdiciaba durmiendo son las más valiosas para el ser humano? ¿El momento de mayor brillantez del día? Esto sí que sería un descubrimiento importantísimo para la ciencia, piensa Matías. Pero por ahora no quiere involucrar a la ciencia ni a nadie. No le ha contado ni a sus padres lo que le está ocurriendo por más que es obvio que algo sospechan porque lo miran un poco raro cuando come, principalmente porque como todos los sabores son ahora tan intensos para él, Matías toma un trago de agua después de cada bocado convirtiendo la cena –que antes duraba diez minutos- en un largo y laborioso proceso.

Ya lleva una semana con el mismo ritmo. Ahora ya ni trata de acostarse antes de la mañana porque sabe que es en vano. Prefiere sentarse en el escritorio con un par de buenos libros. Ayer leyó *El hombre que confundió a su mujer con un sombrero* de Oliver Sacks, el neurólogo finlandés que descubrió -basándose en investigaciones del neurólogo ruso Luría-, cuál es el factor neurológico que produce el efecto de dimensionar la memoria hasta posibilidades insospechadas. Y, para su gran sorpresa, Matías encontró el nombre de Ireneo en la obra de Sacks, cuando el autor se pregunta si Borges no habrá conocido a alguien en quien se inspiró para crear el personaje de Ireneo. Cuando Matías Andrade descubrió

Andrade descubrió que tal vez Ireneo había sido un hombre de carne y hueso, se sintió profundamente conmocionado. A lo mejor,piensa, su situación tiene una explicación científica.

Después de completar sus estudios de francés Matías aprende alemán, así que esta noche lee, en su lengua original, *Aprendizaje de Guillermo Meister* de Goethe y mañana leerá *Fausto*. Como viene ocurriendo toda la semana termina el libro a las ocho de la mañana y a esa hora duerme exactamente dos horas.

Durante el día de hoy recorre las librerías de libros usados y encuentra dos tesoros insólitos: una copia de la primera edición del *L'herbe rouge* de Boris Vian y una copia de *Cien años de soledad* autografiada por el mismo Gabriel García Márquez para un tal Eugenio Ramos. Se muere por releer el episodio donde todo Macondo sucumbe a la maldición del insomnio y los habitantes terminan olvidando no sólo el nombre de las cosas sino su sentido. Qué curioso, reflexiona Matías con el libro en la mano, también para Ireneo el insomnio era una especie de maldición. Y sin embargo a Matías solamente le ha significado beneficios. ¿O es que no ha alcanzado sus mayores logros como consecuencia de su falta de sueño? Pero no quiere pensar en eso ahora.

Absolutamente dichoso con sus hallazgos, Matías se dirige a la caja de la librería para pagar cuando de pronto se da cuenta de que sabe el número exacto de libros que hay en la librería: 239,540 en el primer piso y 25,689 en el sótano. Matías se estremece. 265,229 libros desde los autores más ilustres hasta los más ilustres desconocidos. Allí. En un mismo lugar. A su alcance. Siente que la felicidad de este conocimiento lo desborda.

La cajera, una pelirroja de ojos verdes muy llamativa, le cobra y Matías le sonríe embelesado cuando ella le roza la mano con los dedos al darle el cambio. Un escalofrío delicioso le recorre el cuerpo. Nunca antes había sentido semejante placer. Casi como si nunca antes lo hubieran tocado con tanta intimidad, con tanta sensualidad. Y sin embargo, la chica simplemente le está dando el vuelto.

Desde hace una semana, Matías no toma notas. Recuerda palabra por palabra todo lo dicho durante cada hora de clase. Hasta recuerda los intercambios entre los profesores y los estudiantes como si los hubiera grabado y escuchado reiteradas veces en privado.

Cena y a eso de las nueve se retira a su cuarto para iniciar su rutina nocturna. Pero antes de instalarse en su escritorio con el libro de Vian, decide recostarse unos minutos para descansar los ojos que siente ardidos.

Sin darse cuenta, se queda dormido. Sueña que ha adquirido poderes sobrenaturales. Que su existencia pasó de ser mediocre a tener una intensidad que poca gente puede experimentar. Sueña que tiene terror de despertarse algún día y darse cuenta de que perdió sus poderes y que el aburrimiento se volvió a instalar en su vida.

El pánico que siente dormido, lo despierta. Es de mañana y por la ventana entra un sol espléndido. ¡Son las nueve de la mañana! Matías se asusta. Estaba seguro de que nunca más volvería a dormir doce horas seguidas. Tiene terror de moverse y que algo en su entorno le demuestre que es de nuevo el viejo Matías Andrade con sus vulgares cinco sentidos y su vida rutinaria. Con cuidado se acerca a su biblioteca y toma Ficciones. Le tiembla el pulso y siente cada latido de su corazón como los bocinazos rítmicos de un buque entrando a puerto. Busca Funes el memorioso, lo abre en cualquier página y lee: "Lo cierto es que vivimos postergando todo lo postergable; tal vez todos sabemos profundamente que somos inmortales y que tarde o temprano, todo hombre hará todas las cosas y sabrá todo." Matías siente que esta es su verdad, que esas palabras escritas por Borges ahora le pertenecen. Que de esto se trata. Que este es el sentido que no encontraba.

Y si bien le parece que el azul de las cortinas no es tan azul como ayer, y el tapizado de la silla no se le hace tan áspero, de pronto está seguro de que puede recrear esas sensaciones y mantener su agudeza mental si continúa de la mano de Ireneo que todavía yace inválido en su catre, contemplando el mundo que lo rodea, estudiando idiomas, inventando sistemas numéricos, recordando sueños y entresueños, sin postergar nada...

NO ESTÁ EN EL DICCIONARIO

–No queda ni un diccionario sin consultar– le informa Cloe a Mariano cerrando el que tiene delante.

Sentados en la Biblioteca Central, los dos jóvenes se miran desorientados. No atinan a levantarse e irse porque no saben adónde. Ya recorrieron todas las librerías de la ciudad de Buenos Aires más todas las bibliotecas municipales que en realidad no son tantas. Y nada. Ni rastro.

Un hombre de unos sesenta años, de barba gris y pelo blanco se levanta de un escritorio contiguo y se les acerca. Tiene unos anteojos redondos sentados en la punta de la nariz. Luce muy bien vestido, con un pantalón gris y una camisa blanca que parece recién planchada.

–Disculpen, ¿los puedo ayudar en algo?– dice con una voz suave, casi imperceptible.

Cloe y Mariano lo miran sorprendidos

por la pregunta. Hace varias horas que revisan diccionarios y hasta ahora nadie les había dirigido la palabra. El hombre parece ser el bibliotecario pero no se presenta como tal. Mariano contesta:

–Buscamos una palabra que repentinamente desapareció de los diccionarios.

–Si me permiten, ¿de qué palabra se trata?

–No puedo pronunciarla porque como le digo, no figura en el diccionario– contesta Mariano.

–Es un verbo, ¿verdad?– pregunta el hombre con total seguridad.

–Exactamente-, responde Mariano, mientras Cloe hace una ligera inclinación de cabeza afirmando.

–Me lo imaginaba. En ese caso tienen que hablar con Juan Alberto Camaro y decirle que yo les di su teléfono. El les dará la información que buscan.

El hombre les anota el número de Camaro en uno de los pedazos de papel en blanco que hay en el centro de la mesa.

–¿Y su nombre es…?- pregunta Mariano.

–Esta es mi tarjeta-, responde el hombre entregándosela. Mariano lee: Sebastián Rodríguez Gasparini y un número de teléfono. Ningún otro dato.

–Gracias- dice Mariano.- Nos mantendremos en contacto- y con esto, se levantan de la gran mesa de madera en la que quedan dispersos una docena de diccionarios de la lengua castellana.

–Sebastián Rodríguez Gasparini-, lee Cloe mientras bajan las escaleras apresuradamente. –¿Quién será?

–No sé pero ahora lo más importante es averiguar quién es

Juan Alberto Camaro y ver si realmente nos puede ayudar.

Ya en la calle, Mariano para un taxi y le da la dirección de su casa en el barrio de Belgrano. El silencio se hace difícil pero ambos saben que lo mejor es no hablar de ese tema tan extraño delante del conductor. Mariano hace un rollo con su cuaderno de notas y golpea uno de los extremos contra la palma de su mano abierta. No puede detener el galope de su cerebro: "¿Cómo podía imaginarse Gasparini lo que buscaban? ¿Los espiaba? ¿Desde cuando?"

Cuando finalmente llegan al departamento de Mariano, Cloe deja escapar la docena de preguntas que le dan vuelta en la cabeza desde que dejaron la biblioteca. Mariano tiene muchas otras, pero desafortunadamente ninguno de los dos puede responderlas.

Intrigado, el muchacho marca el teléfono de Camaro, aunque preparado para no encontrarlo en casa o descubrir que no hay nadie con ese nombre. Pero Camaro atiende casi de inmediato.

–¿Señor Camaro?

–Sí, él habla.

–Conocimos a Sebastián Rodríguez Gasparini y nos dijo que usted podría ayudarnos a encontrar algo que buscamos.

–¿De qué se trata?- pregunta Camaro.

–De un verbo.

–Entonces es verdad. Lo tengo yo.

–¿Qué quiere decir que lo tiene?- Mariano pregunta incrédulo.

–Que lo tengo cautivo en mi laboratorio.

Mariano se siente desorientado. No comprende cómo Camaro puede tener un verbo en su poder. Es absolutamente impensable.

La mira a Cloe que no le saca los ojos de encima, esperando que le cuente.

—Entonces ¿usted lo sacó de los diccionarios?- pregunta azorado, como si esto fuera posible.

—Exactamente. Pero va a ser mejor qué vengan a verme. Va a ser mucho más fácil explicarles esto en persona- sugiere Camaro.

Mientras buscan otro taxi para acercarse a Palermo, Mariano le cuenta a Cloe la conversación con Camaro. Les resulta inconcebible que alguien borre un verbo del diccionario, de todos los diccionarios, dado las enormes dificultades que eso implica y a la vez las serias consecuencias que acarrea. Sin embargo, es lo que ha ocurrido y tal como Cloe y Mariano han podido comprobar, el evento ha forzado a la población a hablar dando rodeos, aun cuando nadie es aún consciente de ello. Pero es evidente que las expresiones se complican, el presente eterno reemplaza a cualquier acción continua. Y hay una serie de consecuencias aún más graves en las que Mariano y Cloe por ahora no quieren ni pensar.

El taxi los deja en la puerta de un edificio del siglo pasado con amplios balcones a la calle.

Cuando el ascensor los deja en el cuarto piso, ven a Camaro que los espera con la puerta abierta. Es un hombre de unos cincuenta años casi calvo con un aspecto desalineado como si le hubieran interrumpido la siesta.

—Juan Alberto Camaro, encantado. Pasen, por favor- le da un fuerte apretón de manos a Mariano y luego a Cloe.

—Mariano Achával. Ella es Cloe Remsie.

No intercambian ni una palabra más, como si cualquier posibilidad de diálogo estuviera supeditada a que Juan Alberto

Camaro explique lo que ha dicho por teléfono. También él parece entenderlo así.

–Vayamos al grano- dice. -¿Por qué no me siguen?- y sin esperar respuesta, se va por un pasillo largo que desemboca en un cuarto donde reina la más absoluta oscuridad. Camaro los hace entrar y cierra la puerta detrás de sí sin encender la luz. -Este es mi laboratorio- les aclara.

Mariano y Cloe se toman las manos con repentino desconcierto. Si bien Camaro no les inspira temor alguno, es una situación harto extraña la de estar en un cuarto oscuro con un desconocido que no parece tener ningún apuro por encender la luz.

–¿Por qué no prende la luz?- pregunta Cloe finalmente.

–Porque no verían lo que vinieron a ver.

Camaro toca un interruptor que hace el mismo ruido que un interruptor de luz común. Pero siguen a oscuras. Recién a los pocos segundos Cloe ve su verbo flotando en la negrura del cuarto, repetido miles y miles de veces. En todos los tamaños y colores y tipos de letra. Arriba de ella, adelante, de costado, debajo. El aire que los rodea es una masa saturada de este único verbo. A Mariano le recuerda los experimentos con luz negra que hacía de chico; cuando se encerraba con sus amigos en un cuarto oscuro y él encendía su lámpara revelando exclusivamente los detalles blancos de la ropa que llevaban puesta.

–¿Cómo lo ha logrado?- pregunta Mariano.

–La pregunta es ¿por qué? ¿Cuál es el motivo de robarse un verbo de esta manera?- pregunta Cloe sin vueltas.

Camaro no contesta. Mariano sospecha que les está dando tiempo de sacar sus propias conclusiones.

–Salgamos de aquí para hablar- sugiere ansioso. Camaro mueve el interruptor a su posición inicial. La oscuridad absoluta absorbe nuevamente la multiplicada presencia del verbo y éste vuelve a desaparecer. Luego abre la puerta dejando salir a Cloe primero.

De nuevo en la sala bañada de luz, Camaro los invita a sentarse alrededor de la mesa del comedor. Cloe es la primera en romper el contundente silencio que los ha invadido al salir del laboratorio y dice:

–El que controle este verbo va a controlar la posibilidad de cambio. Lo que usted hizo es prácticamente un crimen.

–Yo simplemente hago pruebas- responde el hombre a la defensiva. -Hace años que saco palabras del diccionario y luego de un tiempo las devuelvo. Muy poca gente se da cuenta.

–Nosotros sentimos el efecto enseguida- protesta Mariano. -El impacto de no disponer de una palabra tan importante como ésta para expresarse es absolutamente real.

–Reconozco que ustedes son un caso especial- dice Camaro.

–Todavía no nos dijo qué quiere probar- Cloe insiste.

–Un poco de razón tenés cuando hablás del cambio. Yo soy una mezcla de químico, filósofo y alquimista. Me gusta introducir cambios en el habla cotidiana para ver si la gente presta atención a la verdadera función de las palabras. Ya lo dice la Biblia: al principio fue el *logos*, el verbo, el conocimiento. Pero yo saco este verbo tan importante y la gente sigue viviendo como autómata sin prestar la menor atención al contenido de sus palabras, a cómo hacen o deshacen una vida. Cómo la mejoran o empeoran. Realmente hay mucha desidia últimamente.

–¿De qué habla, Camaro?- sube el tono Mariano cansado de tantas vueltas.

–Digo que por ejemplo la gente piensa que las cosas son como son y no se pueden cambiar aun cuando tienen el poder del cambio en sus manos. O mejor dicho en su lengua. Cuando existe un verbo perfecto para probar diversas posibilidades para ver qué funciona mejor en sus vidas. Y en lugar de aprovecharlo usan excusas para justificar la permanencia.

–Pero entonces ¿por qué retiró este verbo si es el verbo del cambio? ¿Para forzarnos a la permanencia?- pregunta Cloe.

–No, para forzarlos a extrañar el cambio. Para que se den cuenta de que su vida sin este verbo se limita a ser como es. A permanecer siempre igual. A tener una rigidez que no es necesaria.

–Entonces usted sí espera una reacción. Espera que la gente se de cuenta de que ese verbo salió de circulación- lo ataca Cloe.

Camaro baja los ojos.

–Y sí... Es cierto. Cuando retiro una palabra es para producir un efecto. Ningún químico combina elementos sin esperar alguna reacción, ¿verdad? El problema es que por ahora nunca obtuve los resultados que esperaba. La gente cree que una palabra es igual a la otra. Amalgaman dos significados en uno y en vez de hacer lugar para que se sienta la ausencia de la palabra retirada, la olvidan. Entonces, para evitar futuras complicaciones de estas síntesis azarosas, termino devolviendo la palabra al diccionario y todo vuelve a la normalidad- explica Camaro con tono resignado. –Nadie nota en realidad la ausencia.

Mariano y Cloe cruzan miradas de preocupación. "¿Quién le dio la autoridad a Camaro para influir de esta manera sobre millones de hispano parlantes? Para complicar las conversaciones más simples sobre estados de ánimo o malestar físico. ¡Incluso para que no se pueda hablar más de la ubicación geográfica de nada! Porque en este momento nada ni nadie puede localizarse en ningún lugar sin dar un molesto rodeo sintáctico. Y eso sin siquiera tomar en cuenta las sustanciales consecuencias semánticas."

–¿Quién es Rodríguez Gasparini?- pregunta Mariano de repente.

–Un viejo colega que me ayuda a elegir la palabra que debemos retirar. Aparte, como prácticamente vive en la Biblioteca Central verifica que todos los diccionarios hayan sido intervenidos. Si queda un solo diccionario sin intervenir y se lo pone en contacto con otros, la palabra retirada se reproduce en una especie de reacción en cadena y en un corto plazo reaparece en el resto de los diccionarios y luego nuevamente en los libros, revistas y periódicos.

–¿Cómo lo hace? ¿Cómo borra una palabra?- pregunta Cloe mientras Mariano permanece pensativo.

–Lamento no poder revelárselos. Es un proceso químico-filosófico muy complejo que solamente yo conozco.

Cloe lo observa intentando no parpadear. Lo que más le gustaría en este instante es entender cómo funciona la mente de este hombre.

–Y ¿cuándo piensa devolver este verbo?

–Por ahora no. Este es un proyecto de un año. Así fue concebido y programado en el sistema. No hay nada que pueda hacer para revertirlo.

–¿Usted es consciente de los efectos devastadores que puede tener su proyecto?- Cloe le pregunta preocupada.

–Sí. Pero creo que los beneficios de que la gente note la falta y lo que pierde por no tener este verbo pueden ser muchos. Apuesto a que esto genere un cambio.

–Y ¿qué pasa si lo denunciamos?- prueba Mariano con pocas esperanzas.

–No los hubiera recibido si una denuncia pudiera tener un efecto negativo en el proyecto. Y menos les hubiera mostrado lo que vieron- responde Camaro tranquilo. -Si me denuncian, lo único que van a lograr es acelerar el proceso. Que la gente tome conciencia de lo perdido y repiense su manera de vivir. Y en realidad, por eso los invité a venir: porque sé que difundiendo la situación van a colaborar con el proyecto. A lo mejor así esta vez consigo resultados.

Mariano y Cloe salen del departamento frustrados y con una enorme preocupación. Mariano finalmente ha captado la inconmensurable dimensión de la tragedia:

–Todo el material impreso ha sido reescrito automáticamente a partir de que Camaro retiró el verbo -dice concentrándose para organizar su pensamiento-Es un proceso simultáneo. Desaparece el verbo de los diccionarios e inmediatamente desaparece de los libros, las revistas, los periódicos, las impresoras... Si no existe en ningún diccionario no existe en ningún otro lado. Eso es lo que quiso decir -Mariano hace una pausa mientras Cloe lo mira apabullada a la espera de que concluya su idea.

–Hasta que Camaro no devuelva el verbo a los diccionarios, no vamos a verlo en ningún lado y por lo tanto dependerá de la memoria de la gente acordarse de que en algún momento hablaban distinto, vivían de otra manera- terminó Mariano con una gran tristeza en la voz.

El silencio reina nuevamente entre los dos. La confusión, el malestar, la impotencia se les ve en las caras y en los puños apretados. Mariano no puede creer que alguien haya sido capaz de alterar la vida cotidiana de una manera tan radical, con un gesto tan simple y a la vez tan extraordinariamente complejo. Y menos puede creer que hayan quedado atrapados cuando ellos se dieron cuenta de la situación desde el primer momento, cuando un día Cloe no pudo expresarse. Quería decirle a Mariano que pasaba por un momento de gran felicidad y tuvo que dar un rodeo para decir que ahora se sentía feliz en lugar de decirlo con la simpleza de antes. Por más que trató, no pudo encontrar el verbo y Mariano tampoco y probaron con otra frase pero el verbo no aparecía hasta que admitieron que ocurría algo sumamente inusual y empezaron a revisar diccionarios.

Les es difícil aceptar que por el próximo año también sus vidas quedarán fijas en un presente eterno. Serán –como todo el mundo– una especie de fotografía de sí mismos. Y también para ellos lo simple se complicará por falta de palabras para expresarlo.

–Si encontramos algún diccionario que no haya sido intervenido podemos iniciar la reacción opuesta- sugiere Cloe con un resto de esperanza.

–Pero ya recorrimos todas las librerías y todas las bibliotecas- Mariano cansado se apoya contra la pared casi llegando a la esquina. -Hace dos meses que no hacemos otra cosa.

Siente un agotamiento profundo. Como si hubiera sido chupado y escupido por un tornado. Y ni siquiera se lo puede comentar a Cloe.

Por varias horas caminan a la deriva sin saber cómo continuar. Hoy, mañana, el próximo año. Por ahora su vida también es lo que es: la inútil búsqueda de un verbo que al parecer nadie más que ellos extraña. Y el mundo –mientras tanto- vive y muere patéticamente en un Presente Eterno.

PLANTADA

Ilustración **Pérez Celis**

Calcula que deben ser más o menos las cuatro teniendo en cuenta la debilidad de la luz. Ya lleva seis horas parada en este mismo lugar presenciando minuto a minuto el paso de este domingo de invierno.

El frío se fue instalando lentamente en sus huesos hasta que dejó de percibir el cuerpo. No siente cansancio ni hambre ni sed. Solamente una fuerza que la planta cada vez más sólidamente en la tierra húmeda. "Quizá -piensa Analía- congelarse es simplemente dejar de moverse."

Había caminado cerca de dos horas por el sendero bajo el cual pasaba antes el antiguo acueducto, cuando se detuvo a observar el paisaje; a escuchar el masivo silencio que colgaba sobre el bosque de robles pelados, a sentir la desolación del lugar. Parada ahí -en la parte más alta de la loma a cuyos pies yace el río helado- Analía sintió el primer tirón. Levantó el pie derecho para ver qué era y vio una fina rama que nacía de la suela de su zapatilla y se hundía en el suelo. La observó sorprendida. Era una raíz tierna como las primeras raíces que nacían de los garbanzos que tantas veces había germinado en la escuela cuando era chica. Pocos minutos después sintió un tirón en el otro pie y otra raicita naciendo de la zapatilla y hundiéndose en la tierra. Luego dos tirones en la planta del pie derecho seguidos por tres en el izquierdo. Y de nuevo en el derecho.

Los tirones continuaron y se multiplicaron y en poco tiempo Analía no pudo despegar los pies del suelo. Las finas raíces parecían cables sujetando un gran barco al amarradero de un muelle.

Le pareció extraño, muy extraño quedar literalmente plantada en medio del bosque. Y al principio se asustó. Era imposible quedar así atrapada por la naturaleza. Esto debía tener alguna explicación lógica, aunque en este momento no podía pensar en ninguna. De pronto, se le cruzó la posibilidad de morir helada. No había nadie a quién pedirle ayuda. Con cinco grados bajo cero, ella era la única persona que se había atrevido a caminar por esta zona. Y a decir verdad, ahora se arrepentía de haber escapado de su casa con este frío. Si igual sabía que no iba a cambiar nada.

Sin embargo, muy pronto alejó estos pensamientos negativos y se concentró en la quietud que la rodeaba. Con increíble facilidad se integró al medio ambiente y en poco tiempo sintió que era uno más de los miles de árboles que se erguían en la espesura. Invadida por una agradable sensación de pertenecer a este orden natural, Analía trató de no pensar. De blanquear su mente y existir. Existir como los árboles que cambian de color, pierden las hojas, rebrotan en primavera… Que responden a una ley que se mueve por debajo de ellos o a pesar de ellos pero en la que ellos no interfieren.

Se queda lo más quieta posible hasta que lo único que siente es el eco de la vibración de su corazón y la leve ondulación de su pecho al inhalar y exhalar. No piensa en nada. Solamente respira y siente los poros de su piel cada vez más fría. Siente el aire deslizarse sobre su cara y sobre sus manos sin guantes. Escucha los patos que gritan sobre su cabeza en su vuelo hacia el río, y los pasos ligeros de las ardillas muy cerca de ella. Por la izquierda se aleja un tren con rumbo a la ciudad. Al pie de la colina ve una familia de venados comiendo los últimos pastos verdes que quedaron escondidos bajo un pino. Se pregunta cómo será existir a la intemperie, sujeta a la lluvia, a la nieve, al sol calcinante del verano… Sin poder moverse, sin la posibilidad de elegir otra cosa.

Cree que muy pronto tendrá su respuesta. En las próximas horas llegará la noche y con ella el frío aún más severo y los animales nocturnos. Nuevamente, siente un poco de miedo. No quiere imaginarse ser víctima de un lobo hambriento. Se concentra en las ventajas de ser árbol, de no tener que pensar o decidir. De no tener que volver a su casa. Sobre todo eso.

Y ahí se acuerda de los cotidianos debates consigo misma que plagan su casa de una manera agobiante y los cuales hoy había intentado dejar atrás. Las múltiples opciones que le presenta la vida se manifiestan como imágenes tridimensionales que se han instalado en cada uno de los rincones y muebles de su hogar. Cada posible decisión tiene una particular representación visual, como si fuera un holograma. Analía choca contra ellos constantemente y se le hace difícil ocultar su indecisión cuando el tema que la preocupa está allí materializado frente a ella, compartiendo su vida cotidiana. Literalmente sentado en un sofá.

Intenta poner la mente en blanco nuevamente. Olvidarse de sus angustias, sus ambivalencias; abstraerse y convertirse realmente en uno más de estos árboles altísimos que casi alcanzan el cielo con sus ramas; pero no puede. La maraña de temas indefinidos se le hace presente como un fardo que rueda hacia ella a punto de aplastarla. Se siente sofocada. Si sólo pudiera dejarse llevar por la corriente de la naturaleza para que ésta vaya mostrándole el camino sin que ella tenga que elegir nada para así no perder nada.

La noche se cierra sobre Analía como un telón al final de una obra de teatro. No ve nada. Ni la pendiente de la loma, ni el río. Escucha muchos más ruidos que antes, como si por la momentánea pérdida visual se le hubiera agudizado el oído. Tiene las manos rígidas y blancas. "Voy a morirme congelada- piensa-; plantada en el medio del bosque; y tal vez es lo mejor que me puede pasar: morir aquí, sin decidir mi destino."

Un rato más y el frío es tan intenso que Analía honestamente teme morir por congelación. Invadida por un inmenso terror levanta el pie derecho y con todas sus fuerzas le pega un tirón a las raíces y las corta. Luego hace lo mismo con el izquierdo. Liberada, mueve lentamente las piernas y los brazos hasta que siente volver la sangre y los músculos se aflojan. Entonces emprende una desenfrenada carrera de regreso tropezando torpemente en la oscuridad a la cual sus ojos no terminan de acostumbrarse.

Cuando abre la puerta de su casa y enciende la luz, una avalancha de imágenes sale succionada por la puerta abierta como una ráfaga de viento gélido que le roza el cuerpo por ambos lados. Las imágenes desaparecen apenas cruzan el umbral de su casa. Se queda completamente sola, detenida en medio del comedor que de pronto parece nuevo. Limpio de todas las dudas que lo habitaban hasta hace apenas un momento; hasta parece más amplio.

"Tengo que decidirme ya o me van a crecer raíces otra vez", dice en voz alta. Y sin perder un minuto se sienta frente a su computadora y compra por Internet un pasaje para ir a explorar Arizona a donde hace años que le gustaría mudarse. Luego reserva el hotel por una semana y alquila un auto para tener la libertad de recorrer diferentes ciudades.

Después se prepara un baño de inmersión con agua bien caliente para terminar de sacudirse el frío que le caló los huesos. Deja su ropa hecha un bollo sobre la tapa del inodoro y corre desnuda a la cocina a tirar sus zapatillas a la basura.

HUBRIS

Había empezado como un simple trazo negro sobre una hoja blanca. Una recta que al final sería el techo pero que por ahora era el primer contacto del marcador sobre el papel. Y si bien era solo una línea, ya se sentían emanar las vibraciones del centro mismo de este embrión de proyecto.

Para la medianoche, se habían agregado un sinnúmero de otros trazos firmes que definían el carácter protagónico del edificio. Era un edificio para ser notado, mirado y admirado y a eso era exactamente a lo que aspiraba el arquitecto. Cuando terminó su primer bosquejo, le puso nombre: Torrezeus – qué menos que la Torre de Dios- y lo pegó en la pared de su oficina. Lo dejaría unas horas para que la idea se consolidara y lo retomaría al día siguiente como era su costumbre.

Cerró su oficina con llave y se fue a su casa a dormir un sueño espeso de pocas horas pero que lo dejaría como siempre completamente renovado.

A la mañana siguiente despegó el dibujo de la pared para continuar diseñando.

El impacto que tuvo al verlo fue como el de un disparo en medio de la madrugada: el diseño distaba mucho de lo que él había hecho el día anterior. Se encontró con deslumbrantes detalles estructurales que él jamás había imaginado, con un leve cambio de inclinación en el techo que le daba mucha más presencia y con que un buen número de paredes y columnas habían sido eficazmente reemplazadas por otros métodos más sutiles de soporte.

Desconcertado y furioso a la vez, el arquitecto salió de su oficina como una tromba para averiguar quién había osado tocar su dibujo. Pero por más que preguntó con una buena dosis de violencia en el tono, nadie pudo darle una respuesta medianamente satisfactoria. No existía registro de que alguien hubiera entrado al estudio tarde a la noche y por otro lado, nadie más que él tenía la llave de su oficina privada.

El arquitecto, irritado por el episodio, pasó todo el día encerrado trabajando en Torrezeus sin levantarse ni para tomar agua. Cada tanto su secretaria le traía un café expreso que él se bebía sin levantar la vista mientras ella esperaba de pie junto al escritorio para llevarse la taza, ya que él insistía en no tener alrededor suyo ningún objeto que lo distrajera mientras dibujaba.

Cuatro días más tarde, después de reiterados cambios y contra cambios efectuados por el arquitecto y el misterioso personaje que le perfeccionaba los bocetos, el arquitecto le dio el diseño a uno de sus asistentes que lo pasaría a Auto Cad para poder producir los planos. Para ello, el asistente debía pasar el dibujo original por el escáner para respetar cada uno de sus trazos, ya que el arquitecto –conocido por su temperamento explosivo– se ponía furioso cuando le hacían las más leves modificaciones a su dibujo, cosa que ahora más que nunca había que evitar.

A los pocos días, cuando el arquitecto finalmente aprobó los planos de planta, corte y vista, éstos pasaron al equipo de expertos maquetistas quienes sin perder tiempo se abocaron a la tarea de construir el modelo. Estuvieron quince días para terminarlo porque cada mañana, cuando llegaban al taller, se encontraban con cambios en el plano: las pocas paredes y columnas que habían quedado del boceto original se habían vuelto transparentes –el durlock reemplazado por vidrio-; las carpinterías metálicas de tan finas eran prácticamente inexistentes.

De a poco, la estructura se había vuelto más compleja y se habían ido aclarando ciertos detalles que ni el arquitecto ni ellos habían logrado resolver hasta ahora.

El arquitecto -que subía al taller a primera hora de la mañana y era el último en retirarse pasada la medianoche- observaba con impotencia y cada vez más irritado los cambios a su diseño. Sus arranques de histeria se hacían más y más frecuentes y su maltrato alcanzaba a todos. No les creía a los maquetistas que le juraban que no habían modificado nada, ni al asistente que produjera los planos, ni a los otros empleados que insistían en no haber pisado el taller. Ni siquiera el hombre de seguridad, que aseveraba que nadie había entrado al edificio tarde a la noche, se salvaba de sus insultos.

Cada vez que cambiaba el diseño en el papel, los maquetistas se veían forzados a construir un nuevo modelo aun cuando sabían que a la mañana siguiente se encontrarían con más alteraciones. La fecha del concurso se acercaba vertiginosamente y ellos –consumidos por la presión- armaban y desarmaban el modelo todos los días sin esperanzas de que la pesadilla terminara.

La maqueta ya medía un metro y medio de alto; Torrezeus era una torre de treinta pisos en la que el arquitecto intentaba dejar su propia marca rompiendo con el tradicional aspecto de los edificios de oficinas. Sin embargo, su propia visión no parecía llegar tan lejos como la que se iba manifestando con el paso de los días, de la mano de quién sabe quién. Torrezeus era ahora una gran estructura vidriada que sería atravesada por el sol durante todo el día, y que se construiría con un revolucionario tipo de vidrio aislante que la preservaría del efecto invernadero.

Si bien tenía cierta reticencia a admitirlo, cuanto más observaba el modelo, más admirable le parecía. Era como si el proyecto se estuviera auto generando, como si su propia imaginación fuera mucho más poderosa que la del arquitecto. Empujaba los límites siempre un poco más; proponía innovaciones que rompían con las que el arquitecto acababa de implementar y llevaban constantemente la obra un paso más allá de lo imaginable. Este desafío obsesionaba al arquitecto de tal manera que había dejado de lado todos sus otros proyectos; sabía que si lograba lo que se había propuesto, sería considerado el gran arquitecto de su generación.

Por ende, cada día miraba la torre con ojos críticos para continuar mejorándola. Y si bien desde el comienzo había querido que éste fuera un edificio único, ahora estaba decidido a que fuera perfecto. "Sólo las obras perfectas perduran en la memoria de la humanidad", pensaba el arquitecto.

Entonces, cuantos más cambios se producían sin su intervención, más cambios realizaba el arquitecto. Cuanto más lejos iba esta otra fuerza o persona que estaba desafiándolo, más lejos iba él en este duelo encarnizado que ya –de una manera u otra– había involucrado a todo el personal de la oficina. Pues aún los que tenían poco que ver con el proyecto, habían sido tocados por el altísimo nivel de tensión que se sentía en el ambiente y por las sospechas y el mal genio del arquitecto, que no quería hablar con nadie para que sus ideas sobre el diseño no pudieran ser anticipadas y/o cambiadas.

Sin saber qué otra cosa hacer para ganar tiempo, un día el arquitecto optó por no dormir para vigilar los planos. Debía descubrir de una vez por todas quién era ese contrincante que parecía tan inteligente, tan invencible.

Acompañado de un gran termo de café, se encerró con el paquete de planos en su oficina. Con los ojos fijos en el proyecto, bebía café y pensaba en lo inverosímil de la situación. Cuando cabeceaba vencido por el sueño, rápidamente se servía otro café negro para mantenerse despierto.

Aun así cuando les devolvió los planos a los maquetistas por la mañana, éstos tuvieron que mostrarle -temerosos de la ira que podían llegar a despertar en él-, las alteraciones que habían ocurrido durante su vigilia. Y el arquitecto –sintiéndose impotente- volvió a insultar a todo el personal de la oficina por su incompetencia.

Dos días antes del concurso, resultó evidente para todos que Torrezeus estaba lista. Desde hacía veinticuatro horas, no se operaban modificaciones de ningún tipo.

Sin duda, el estudio jamás había producido un proyecto tan perfecto como éste. De a poco, la torre había ido perdiendo sus contornos y se había ido integrando de tal manera al mundo exterior que se había vuelto prácticamente invisible: existiría en el plano físico pero no en el visual. Un logro nunca visto en el mundo de la arquitectura que abría un camino absolutamente inexplorado. No habría oficinas interiores ni contrafrentes ya que todas las divisiones y soportes internos eran de vidrio y también dejaban pasar la luz. (Con un simple sistema electrónico, las paredes podían ser opacadas por quien necesitara privacidad).

Torrezeus participaría del cielo de una manera muy particular ya que al ser prácticamente invisible, daría la impresión de ser el mismo cielo. Y esto le daba al arquitecto una sensación de grandeza absoluta a la cual hasta ahora sólo había aspirado.

Al ver el resultado final, el arquitecto abandonó todo intento por averiguar quién había sido su contraparte en este arduo duelo y prefirió creer que él había sido el creador exclusivo de Torrezeus. El único cerebro detrás del proyecto; el único que se acercaba al creador absoluto. Y éste no era un lugar que quisiera compartir.

Fue exactamente de esa manera cómo unos meses más tarde, presentó las cosas a la prensa y al jurado del concurso durante su discurso de aceptación del primer premio.

La construcción de la torre tardó varios años pero cuando finalmente se irguió en medio de la ciudad apretada de edificios, el mundo quedó boquiabierto. Torrezeus con su ya famosa invisibilidad se destacaba por sobre todas las construcciones vecinas. Creaba efectivamente un lenguaje nuevo, la posibilidad de acomodar las necesidades urbanas al entorno natural.

Muy pronto su foto dio la vuelta al mundo despertando los comentarios más unánimemente positivos que un proyecto haya suscitado jamás. La comunidad internacional la distinguió con el título de: La octava maravilla del mundo.

El arquitecto no cabía en sí de orgullo. Ya hacía tiempo que se había olvidado del difícil proceso de diseño por el que atravesó con Torrezeus. Ahora que la torre estaba terminada, se dedicaba a dar entrevistas por televisión para hablar de su obra y de su genio creativo. Excediendo sus aspiraciones, la prensa hablaba de él no sólo como el arquitecto más notable de su generación sino como el más brillante del milenio. Sin duda, el arquitecto era el gran creador.

La mañana en que se inauguró el edificio para que finalmente todos los inquilinos ocuparan sus correspondientes oficinas, el arquitecto cortó la cinta roja en la ceremonia conducida por el alcalde de la ciudad. Luego hizo con éste el viaje inaugural en el elevador de vidrio hasta el piso treinta. Era un día radiante de sol, ideal para hacer el ascenso al cielo. Cuando se abrieron las puertas del ascensor ambos sonreían; pero el arquitecto en particular desbordaba de adrenalina y de felicidad.

Mientras el alcalde se alejaba hacia la izquierda fascinado por la maravillosa luz que abundaba por todos lados, el arquitecto prefirió admirar la vista de la ciudad abajo. Tenía la sensación de estar flotando en el espacio.

Parado frente a uno de los ventanales de vidrio que hacía las veces de pared externa, el arquitecto levantó los ojos justo cuando una bandada de enormes pájaros negros, cegados por el reflejo del sol en el cristal se estrellaron contra el mismo. El ventanal completo explotó en millones de pequeños pedazos sobre el arquitecto. Los pájaros confundidos, revolotearon por las oficinas por lo que pareció una eternidad -golpeándose contra los ventanales y las columnas transparentes y las paredes de vidrio- antes de encontrar la salida.

El alcalde corrió en su ayuda pero era tarde. El arquitecto ya estaba en el suelo, rígido. Tenía un pájaro negro clavado en el medio de la frente y los ojos vidriosos abiertos al cielo.

ENTRE SUEÑOS

Estaban todos contando sueños, sentados en el piso alrededor de una gran mesa cuadrada. Felipe fue el primero en compartir el suyo: un sueño complicado, típico de Felipe, lleno de personajes mitológicos enredados con sus amigos y familiares. Lo más llamativo de sus sueños era que siempre él terminaba salvando la situación y rescatando a quien fuera que estuviera en problemas, cuando en la vida real era un tímido cajero de banco.

Después le tocó el turno a Ana María, que en general prefería hablar al final pero que hoy -por iniciativa de Marcela- se animó a hablar después de Felipe. Contó un sueño diferente de los que acostumbraba a contar porque tenía cierta coherencia, cuando en general sus sueños eran siempre pedazos inconexos que se superponían azarosamente:

–Había terminado un ensayo en la academia de baile y me encontré con mi hija

Martina que no sé cómo había llegado sola a buscarme. Sin que me dijera nada yo supe que ella quería ir la montaña rusa. ¡Pero Martina odia la montaña rusa! Y sin embargo yo estaba segura de que eso es lo que quería hacer y nos subimos al carrito y ella estaba lo más serena y yo gritaba como una loca. Después de un par de esas caídas en picada, no aguanté más y salté al vacío. Y ahí me desperté- Ana María, que se había erguido y se había inclinado ligeramente hacia delante en una de sus estilizadas posturas de bailarina, se volvió a apoyar contra el sillón que hacía las veces de respaldo. Nadie dijo nada, como era la costumbre del grupo. Primero escuchaban a todos y después hacían comentarios.

Esta había sido una de las primeras reglas que habían establecido seis meses antes, cuando se organizaron las reuniones. Marcela y Carmen –maestras jardineras en busca de una actividad que las sacara del mundo infantil en el que vivían inmersas- fueron las promotoras de la idea de armar un grupo donde se contaran y luego se discutieran sueños. Les pareció algo interesante y divertido para hacer los viernes a la noche y afortunadamente encontraron una gran receptividad en sus amigos de toda la vida.

Todas las semanas se reunían en una casa diferente, llevaban empanadas, sánguches de miga o pizza y pasaban dos horas compartiendo relatos de sueños y tratando de encontrarles algún sentido. Para eso habían establecido que cada miembro del grupo debía entrenarse en recordar sueños y comprometerse a contar por lo menos un sueño por semana. Marcela había leído en algún lado que había que dormir con un cuaderno y una lapicera a mano para poder anotar todo lo que uno recordaba apenas abría los ojos. Que había que tratar de moverse lo menos posible porque a medida que iban pasando los minutos, la conciencia iba borrando los sueños hasta que caían en el más absoluto olvido. En cuanto a la interpretación, no había nada científico; solamente la capacidad e imaginación de los presentes para hacer asociaciones.

Después de unos segundos de silencio que permitieron que se abriera un espacio entre el relato de Ana María y el siguiente, Selva enlazó los dedos alrededor de la taza de té que estaba sobre la mesa y empezó a hablar:

—No sé qué estaba haciendo en un parque lleno de gente pero de repente sentí que tenía que subirme a un barco que estaba atado a un muelle y llevármelo de ahí. Era de noche y no veía nada y yo no sabía operar los comandos y de repente me di cuenta de que me estaba acercando demasiado rápido a la costa y que iba a chocar. Traté de bajar la velocidad pero el barco no respondía, entonces traté de hacer una vuelta en U pero no logré hacerla a tiempo y el barco pegó de popa contra la costa y se empezó a hundir de cola primero como cayendo a pique para atrás. En ese momento apareció un hombre en el barco (supongo que era el dueño) y de alguna manera lo llevó a la costa. Yo estaba muy mortificada porque le había destrozado el barco y le expliqué que había pensado que estaba en peligro pero no me acuerdo cuál era el peligro. Pero él no estaba enojado. Simplemente no entendía por qué había sacado el barco del muelle- Selva bebió un poco de té que ya debía estar frío porque se lo había servido hacía más de una hora y después dejó la taza otra vez en la mesa–. Lo más raro es que yo estaba furiosa con él porque el no estaba enojado conmigo- dijo antes de callarse.

Sebastián fue el próximo en ofrecer su relato. El suyo fue un difícil encuentro con un ladrón que le robaba la carpeta que contenía todos sus diseños gráficos. El ladrón –un hombre de pelo encrespado y ojos desorbitados- lo interceptaba en una calle oscura, una noche cuando regresaba de entrevistarse con un posible cliente, aunque Sebastián aclaró que él nunca veía clientes de noche. Sebastián lo corrió por varias cuadras y en ocasiones lo perdió de vista hasta que eventualmente lo alcanzó. Lucharon cuerpo a cuerpo durante unos minutos y en un momento Sebastián lo empujó, el hombre tropezó, se cayó y al pegar con la cabeza contra un escalón de cemento murió. Para Sebastián el sueño había sido traumático porque cuando recogió la carpeta del suelo se dio cuenta de que la carpeta estaba vacía. Se había despertado con tal sensación de angustia que había corrido a su escritorio en busca de la carpeta y la había encontrado –efectivamente- vacía.

El grupo se mantuvo en silencio siguiendo las reglas que habían acordado, pero con un palpable deseo de hacer mil preguntas que se notaba por los cambios de posición, los carraspeos, el "me pasás el café por favor" y el "¿alguien quiere otra empanada?" que se multiplicaron como las toses en un concierto, durante la transición entre un movimiento y otro.

Alberto dijo que no se podía acordar de ningún sueño que hubiera tenido esa semana. Que había dormido con tanta profundidad que o bien no había soñado nada, o bien se lo había olvidado al despertar por la mañana. Y por más que se había ido a dormir con su anotador y su lapicera sobre la mesa de luz, no había escrito ni una línea en los siete días que habían pasado desde la última reunión. A nadie le llamó demasiado la atención; cada tanto, alguno tenía un bloqueo y no se acordaba de nada.

Carmen dijo que a ella le pasaba algo parecido, salvo que ella sí se acordaba de un pedacito, casi como si fuera de la cola de un sueño:

–Alguien entraba a mi habitación y me destapaba. Me miraba

un largo rato y se iba. Pero no sé si era un hombre o una mujer, ni si lo conocía o no. No tengo idea de nada. Sólo que me desperté con esta sensación de que todo había pasado en la realidad, y cuando me incorporé, estaba destapada y el acolchado estaba enrollado de lo más prolijo hacia los pies, cosa que yo jamás hago.

Otra vez corrió una cierta inquietud en el grupo, como una descarga eléctrica que se iba pasando de uno al otro, la incontenible necesidad de hacer preguntas, de profundizar en estos extraños sucesos.

Marcela fue la última en hablar; siempre que estaban en su casa, le parecía apropiado dejar hablar a los demás primero. Cuando le tocó su turno, sonrió, se acomodó el largo pelo negro detrás de las orejas —lo que le daba un aspecto casi adolescente aunque tenía treinta y cuatro años- y dijo:

—Yo soñé que estábamos contándonos sueños y que cada uno contaba el suyo y después todos nos levantábamos y cada uno se sentaba en otro lugar y nos metíamos en el sueño de la persona que había estado sentada ahí. Me sentía en una realidad completamente distinta, como si estuviera en un cuerpo ajeno. Y de repente, saltaba de un sueño a otro como probando cuál me quedaba bien, y eventualmente entraba de nuevo en el mío y lo encontraba cambiado por toda la gente que lo había visitado, y no lo reconocía del todo. Como si alguien hubiera entrado en mi casa y hubiera cambiado de lugar los muebles.

La ventaja de ser el último en contar un sueño era que ahora ya se podían hacer comentarios y el último era el primero que la gente comentaba. El sueño de Marcela les fascinó y no pudieron dejar de hacerle preguntas sobre la dinámica de estas visitas inter-sueño.

—Pero mientras estabas en el sueño de Felipe por ejemplo, ¿sabías que era su sueño?- le preguntó Selva.

—Creo que tenía una noción de que no era mi sueño pero no sé si sabía de quién era. Como que me sentía desencajada y de alguna manera trataba de cambiar cosas para ubicarme.

—Y los sueños ¿eran nuevos o los habías escuchado acá?- preguntó Ana María.

—Los había escuchado acá en diferentes ocasiones. Ninguno era del todo nuevo porque yo sentía algo familiar cuando entraba en cada uno. Supongo que había elementos que yo habré inventado, pero la mayor parte me da la sensación de que se los escuché en algún momento a ustedes.

—¡Qué increíble!- suspiró Felipe- Ojalá pudiéramos hacerlo en la realidad.

—No veo por qué no, si yo lo hice y visité los sueños de ustedes- dijo Marcela.

—Sí pero eran historias que ya conocías, no eran sueños nuevos, como si yo estuviera soñando ahora y vos estuvieras visitando mi cabeza- comentó Selva.

—Pero nadie dice que no podamos probar…- dijo Marcela con tono sugerente. Les sonó como una buena idea, pero estaban aún ansiosos por averiguar más sobre los sueños de Carmen y Sebastián, por lo que por el momento dejaron esa sugerencia de lado.

—No entiendo, la carpeta estaba vacía y por eso soñaste que alguien te la había robado, o ¿vos no sabías que la carpeta estaba vacía cuando lo soñaste?- le preguntó Carmen a Sebastián.

—La carpeta tenía todos mis diseños: era mi currículum. Después tuve el sueño y cuando la volví a revisar, recién ahí me di cuenta de que estaba vacía.

–¿Y quién se puede haber llevado tus cosas?- lo interrogó Felipe.

–No tengo la menor idea. A mi departamento solamente entra mi hermano que vive conmigo y ahora está de vacaciones en Brasil. Así que es obvio que él no fue.

–Pero pensá bien. ¿No te podés haber dejado los dibujos en algúno lado?- insistió Felipe.

–No los saqué de casa para nada esta semana.

–Entonces- dijo Carmen con absoluta convicción- creo que tendríamos que suponer que se lo llevó realmente el tipo de tu sueño.

Los otros se miraron. Hacía tiempo que se venían planteando esta hipótesis: que los habitantes de sus sueños no eran inofensivas invenciones nocturnas sino activos participantes de sus vidas con absoluta capacidad de producir alteraciones físicas.

–En ese caso, también hay que suponer que alguien te visitó y te destapó- le contestó Sebastián.

–Sí. Tendríamos que asumir eso también- reconoció ella- pero por ahora concentrémonos en vos.

–Y si fuera así, ¿qué tengo que hacer? Yo de alguna manera tengo que recuperar mis cosas porque todavía no fui a ver a este cliente porque no tengo qué mostrarle-, dijo Sebastián desesperado.

Marcela miró a Carmen casi leyéndole la mente y dijo:

–En principio, tenés que volver al sueño y tratar de recuperar la carpeta.

–¿Cómo? Si el ladrón está muerto.

–Tenés que tratar de resucitarlo.

–Y ¿cómo sé dónde encontrarlo? Puede estar en cualquier parte.

–Vas a tener que regresar al mismo lugar donde lo dejaste. A esa calle oscura con el escalón de cemento. Lo más probable es que esté todavía ahí. El debe saber qué hizo con tus cosas antes de que lo mataras- le contestó Marcela.

Sebastián se quedó pensativo mientras el grupo discutía esta teoría. Por un lado era la oportunidad de verificar la hipótesis que venían discutiendo y por otro les parecía una propuesta ridícula y fuera de la realidad.

Al cabo de un rato, Sebastián aceptó el desafío:

–No tengo nada por perder- dijo con serenidad.

–Lo importante es que antes de dormir pienses que realmente querés encontrar al hombre que te robó la carpeta- le aconsejó Marcela-. En general, cuando uno se duerme pensando en lo que quiere soñar, funciona.

–Bueno, entonces me voy así pruebo. Mañana los llamo y les cuento- Sebastián se despidió de cada uno de sus amigos con un beso y se fue.

Ya en su casa, entró a su cuarto y trató de recrear las mismas condiciones que había la noche en que tuvo el sueño. Puso el cuaderno de anotaciones en el piso a la altura de su cabeza y un vaso de agua al lado de su velador. Cerró las cortinas y acomodó su ropa en la silla intentando doblarla de la misma manera que lo hacía siempre. Después se acostó y trajo a la mente las imágenes de la pelea en la que había perdido su carpeta. Vio la cara del ladrón y después lo vio caer sobre el escalón y golpearse hasta que de a poco se fue quedando dormido.

Por un momento su mente se aquietó y no vio imagen alguna, como si esa noche lo fueran a abandonar los sueños a los que tanto se había acostumbrado. Pero a los pocos minutos vio los ojos desorbitados de su ladrón y con el corazón en la boca se lanzó a la carrera para atraparlo. Muy pronto se encontró en la misma calle oscura que en su sueño original. El ladrón aparecía y desaparecía por entre las callejuelas perpendiculares hasta que Sebastián lo agarró por la espalda y se trabaron nuevamente en una lucha feroz, casi una repetición exacta del primer encuentro. Pero esta vez, Sebastián, que era consciente de que ya había soñado esto mismo anteriormente, hizo un esfuerzo enorme por no empujarlo. Solo debía preguntarle qué había hecho con sus dibujos, de modo que se controló y cuando sintió que el otro aflojaba la resistencia, le dijo:

–No quiero lastimarte, sólo necesito que me devuelvas los diseños que estaban en esta carpeta.

–Los tiré a la basura allá atrás- dijo el ladrón apuntando a la distancia-. Son una porquería y lo mejor que te pudo pasar es que te los sacara para que tengas que empezar a dibujar de nuevo como si no existieran, porque la verdad es que yo te conozco y sé que podés hacer cosas mucho mejores. Esos dibujos son una mera reproducción de la realidad. No tienen ningún mérito artístico.

–¡Pero a mí me gustaban, representaban el trabajo de los últimos tres años!- protestó Sebastián.

–Bueno, es evidente que en los últimos tres años no te pusiste las pilas porque eso que yo tiré lo podría haber hecho cualquiera con mucho menos talento que vos.

Sebastián se despertó agitado y traspirado como si realmente hubiera corrido un montón de cuadras y se hubiera peleado a piñas. Moviéndose lo menos posible, tomó su cuaderno y anotó el sueño con tanta precisión como pudo. Después se quedó sentado en su cama reflexionando. ¿Quién era ese hombre? ¿Cómo se las había ingeniado para deshacerse de sus hojas? Y éste era el tema que más le intrigaba: esta superposición entre el espacio onírico y el real; algo absolutamente impensable y que no lograba entender. Pero no le había pasado solamente a él; Carmen había experimentado algo parecido. A lo mejor tenía que ver con esto de andar contándose sueños. "Tal vez –pensó Sebastián- una vez que uno adquiere práctica en el tema, puede manejar ciertas fuerzas inaccesibles para otra gente". Finalmente se levantó; entró a su estudio y verificó una vez más que los dibujos no estaban en su lugar.

Luego llamó a la casa de Marcela. El teléfono sonaba pero Marcela no atendía, lo que a Sebastián le extrañó porque eran recién las once y ella los sábados a la mañana generalmente estaba en casa.

Insistió llamando a la casa de Marcela varias veces durante el día y también llamó a Felipe, a Selva, a Alberto, a Ana María, y a Carmen sin conseguir hablar con ninguno. A eso de las seis, cuando empezaba a impacientarse, recibió un llamado de Alberto.

–¿No sabés dónde están todos? Porque llamo y llamo y no me contestan- preguntó Sebastián con un dejo de ansiedad en la voz.

–No tengo idea. Yo me fui más o menos una hora después que vos porque no estaba de acuerdo con lo que pensaban hacer: iban a probar entrar cada uno en el sueño del otro. Un poco lo que Marcela había soñado. Y a mí no me gustó para nada el tema- dijo Alberto-. Me parece que eso ya es demasiado. Se suponía que esto era una diversión y me parece que nos estamos metiendo en otra cosa mucho más seria y complicada. ¿Dónde está el límite? Es como que si cada uno quedara expuesto como un libro abierto.

–Tenés razón; es una locura. Yo tampoco hubiera participado.

–Y a vos, ¿cómo te fue?- Alberto le preguntó entusiasmado.

–Bien, encontré al hombre y me dijo que me tiró las cosas a la basura porque me iba a ir mejor haciendo cosas nuevas. Algo rarísimo porque explicame, ¿cómo se las llevó? ¿Cómo las sacó de esta realidad?

–No sé, no sé. Creo que hay ciertas cosas inexplicables y en lo que a mí respecta, prefiero no enterarme. Me parece que hay que aceptar los sueños como la forma que tiene el inconsciente de mandarnos mensajes o de procesar lo que nos pasa en la vida cotidiana aunque no entendamos del todo de qué se trata.

–Sí, yo hasta ahora pensaba más o menos lo mismo pero ahora me parece que la cosa es mucho más seria de lo que yo creía. Pero perdoname – se interrumpió Sebastián- ¿dónde están estos que no contestán ningún teléfono y no me devuelven las llamadas? ¿No te parece que tendríamos que ir a la casa de Marcela a ver?

–No sería una mala idea- concordó Alberto.

Se encontraron en la casa de Alberto que quedaba de paso y caminaron unas diez cuadras hasta la de Marcela, donde encontraron la puerta sin llave. Sebastián entró primero y notó el olor a empanadas de la noche anterior. Las ventanas estaban cerradas y las persianas bajas. Cuando prendieron la luz, vieron a sus cinco amigos acostados en un círculo con los pies hacia el centro en el lugar donde anoche estaba la mesa ratona.

–¿Y esto?- preguntó Sebastián aterrorizado.

–¡Dios mío!- exclamó Alberto acercándose a tomarles el pulso. –Están vivos- suspiró aliviado.

–¡Están durmiendo!- dijo Sebastián agachándose y sacudiéndole el brazo a Felipe. –Felipe, Felipe, ¡despertate!

Pero ni Felipe ni ninguna de las mujeres reaccionó a sus insistencias. Envueltos en frazadas dormían un sueño profundo, completamente desenchufado de la realidad.

–Es extraño- dijo Sebastián al cabo de unos minutos- pero te fijaste que ninguno está en el lugar de costumbre.

–De eso se trataba: se cambiaron de lugar siguiendo el sueño de Marcela para ver si de esa manera podían entrar más fácilmente en el sueño de otro.

–Les debe haber funcionado y no pueden volver- Sebastián estaba ahora desesperado. Agachado, sacudía alternativamente a uno y a otro casi con violencia.

–¿Como si se hubieran perdido, decís?

–Sí, como si hubieran quedado dando vueltas en un inconsciente que no es el de cada uno de ellos y no hubieran podido volver al propio- explicó Sebastián sentándose en el sillón.

–¿Qué vamos a hacer?

–Creo que no hay demasiado que podamos hacer; sólo esperar y rogar que después de algunas vueltas encuentren el camino.

Sebastián y Alberto se instalaron en la cocina a tomar café. No sabían de qué otra manera pasar el tiempo porque no querían dejar a sus cinco compañeros abandonados a su suerte.

Después de una larga noche en vela sin novedades, Sebastián sugirió que organizaran turnos a lo largo de las 24 horas para quedarse en la casa. Esa noche cuando regresó se llevó uno de sus cuadernos de ilustración para dibujar mientras esperaba que sus amigos despertasen.

Su primer dibujo fue del grupo: era una enorme flor donde cada uno de sus amigos era un pétalo con los pies tocándose en el centro. Era un dibujo extraordinario; casi irreal; como si hubiera sido creado en un ámbito que tuviera otras leyes. Sebastián lo miró con detenimiento; era totalmente diferente de los que había estado haciendo en los últimos años, (todos tan concretos, tan realistas). Pensó que tal vez el ladrón de su sueño tenía razón: que debía iniciar una nueva etapa.

Continuó dibujando hasta entrada la madrugada y a las tres regresó al comedor para ver si había algún cambio. Nada. Salvo el rápido movimiento de los ojos bajo los párpados, los cuerpos no reflejaban cambio alguno. Volvió a sacudirlos, a llamarlos por su nombre, a suplicarles que despertaran, todo sin resultados. Sus amigos habían quedado prisioneros de sueños ajenos.

De pronto se le ocurrió cambiarlos de sitio; ponerlos de nuevo en el lugar en el que habían estado sentados el viernes cuando él se despidió.

De a uno los fue levantando y reacomodando hasta que todos estuvieron en sus respectivas posiciones. Exhausto, se dejó caer en el sillón a esperar. Los miraba con intensidad intentando captar cualquier gesto, o mínimo movimiento que le revelara que alguno estaba volviendo en sí. Pero pasaron los minutos y luego una hora y no observó ninguna respuesta. Desalentado, Sebastián se fue a dormir.

A la mañana cuando llegó Alberto y notó los cambios, le preguntó a Sebastián:

−¿Los cambiaste para ver si así se orientaban mejor?

−Sí, pero creo que como dijo Marcela, cada sueño debe estar tan revuelto por la visita de los demás, que no pueden reconocer el propio- contestó Sebastián.

−Me parece que los perdimos, que nunca más van a poder volver porque cuanto más tiempo pasa, más se embrolla el sueño de cada uno y menos reconocible es.

Los dos amigos se quedaron un rato más mirando a los dormidos ya sin esperanzas de que despertasen hasta que finalmente se despidieron con un abrazo.

−Tomá- le dijo Sebastián a Alberto entregándole su primer dibujo-. Lo hice esta madrugada.

Alberto lo agarró con cuidado con la punta de los dedos para no marcarlo.

−¡Wau! Aquí se ve perfectamente bien a dónde está cada uno de ellos. ¡Fijate!- Alberto inclinó la hoja en dirección a su amigo-. Felipe está en el sueño de Carmen, acá está el tipo que la destapó, ¿ves? Y Selva está en el de Ana María porque está sentada en la montaña rusa con Martina. Acá se ve a Marcela en el de Felipe... ¿ves los dragones echando fuego? Y Carmen está con el dueño del barco que hundió Selva. Y mirá a Ana María, está en el sueño de Marcela, la pobre entrando y saliendo de los sueños de todos los demás.

−¿Yo dibujé eso? ¿Cómo no me di cuenta?- Sebastián estaba entre azorado y excitado de su nueva percepción extra sensorial. El dibujo le había parecido muy diferente de los que venía haciendo pero no había percibido hasta este momento los detalles que le mostraba Alberto.

—Ahora la pregunta es qué podemos hacer para sacarlos de ahí.

Se colgó un silencio entre ambos que eventualmente fue interrumpido por el rasqueteo del lápiz sobre el papel: Sebastián puso manos a la obra y en su intento por liberar a sus amigos dibujó febrilmente durante largas horas imágenes que el ladrón de su sueño hubiera admirado.

Pero cuanto más se adentraba en el dibujo, menos claro le quedaba si estaba dibujando los sueños que traerían de regreso a sus compañeros o si cada vez se metía más en su propio sueño para recrear su carpeta vacía.

Durante las agotadoras horas que siguieron, Sebastián escuchó reiteradamente a su ladrón que le decía: "¿Ves que tenés una capacidad artística genuina que va mucho más allá de la simple reproducción de la realidad?".

UN ELEFANTE SE BALANCEABA

Nos vamos a la casa de la abuela. Mamá me dijo que me vista *ya* para irnos. Siempre lo mismo. Cuando estoy jugando con los Power Rangers nos tenemos que ir a algún lado. Encima los pantalones que me quiero poner están sucios. Ayer me los manché en el jardín. Estábamos haciendo unas cajitas de cerámica para el día de la madre y me limpié las manos en el pantalón, así que ahora está todo lleno de arcilla gris. Es muy chistoso porque cuando me pasé las manos por el pantalón, la arcilla estaba mojada y ahora se secó y está toda dura como una piedra. Y encima esos son mis pantalones súper favoritos. Me los regaló mi amigo Juan para mi cumple. Y ahora no me los puedo poner. Me voy a poner...a ver... estos jeans con la remera azul que me compró mi mamá el otro día.

–¡Ya voooooooooy!!!- le tengo que estar repitiendo todo a mi mamá. Es que ella no viene a mirar que ya me estoy vistiendo. Me grita desde la pieza de Valeria que me vista cuando ya me estoy vistiendo. A ella la tiene que vestir porque es chica. Aunque en realidad, Valeria se puede vestir sola porque cuando mi mamá no está, Valeria no la deja a la muchacha que la vista. Se viste sola. ¡Ay! Estas zapatillas que siempre me cuesta ponérmelas con estas medias… ¡uf! Mejor me cambio de medias y listo porque sino voy a estar todo el día para ponerme las zapatillas. Ahí viene papá, ¡seguro que para preguntarme si estoy listo! Y él ni se cambió. Tiene el mismo jogging que esta mañana. ¿Por qué él no se tiene que cambiar para ir a lo de la abuela? Yo también quería ir con lo que tenía puesto antes.

–Sí, ¿no ves que me estoy poniendo las zapatillas?

En el auto, yo voy sentado atrás para cuidar a mi hermana. A ella la sientan en el asientito de bebés. En realidad no es un bebé porque ya tiene dos años y medio pero es muy chica y no se puede sentar en el asiento de grandes. Mi hermana hace mucho ruido cuando vamos en el auto. Habla todo el tiempo y se ríe de cualquier cosa que ve en la calle: de los otros autos, de los pájaros, de los semáforos cuando cambian de rojo a verde; la verdad que se ríe de cualquier cosa esta nena.

Como siempre, están discutiendo. Yo me hago el que miro por la ventana pero en realidad estoy escuchando lo que dicen. O mejor dicho tratando, porque Valeria no para de hablar.

–¿Por qué el señor se puso una campera? ¿No tiene calor? Hace calor, ¿no mamá? Mirá el perro como cruza la calle sin mirar, le van a hacer la boleta. Como a vos mami. ¡Le van a hacer la boleta como a mami! –y se empieza a reir y repite veinte veces– ¡Le van a hacer la boleta como a mami! ¡Le van a hacer la boleta como a mami!

Me dan ganas de pegarle para que se calle. Todo el tiempo preguntando y nunca me deja escuchar. Mamá le dice a papá algo de su auto. Algo del taller. Me parece que papá no fue a buscarle el auto al taller porque el auto de mamá no está en casa.

–Nunca tenés tiempo para mis cosas, ¿no ves que no te puedo pedir nada? ¿Ahora qué hago yo sin auto el lunes?

Cuando mi mamá se enoja se pone toda colorada. Como cuando yo aguanto el aire para que se me vaya el hipo. Y por más que trata de hablar en voz bajita para que nosotros no escuchemos, yo escucho igual. Yo trato de no mirarla porque me da un poco de miedo verle la cara roja como si en cualquier momento le fuera a pegar a papá o como si fuera a ponerse a llorar.

–Ya sabés que estuve trabajando hasta tarde. ¿Qué querés que haga? ¿Que le diga a mi jefe que no puedo quedarme porque mi esposa necesita que le busque el auto?

Siempre peleando. A mi me da dolor de panza cuando los escucho y ya no tengo ganas de ir a lo de la abuela. Si nos hubiéramos quedado en casa no estarían discutiendo. O por lo menos yo estaría jugando con los Power Rangers y no tendría que aguantar a Valeria al lado mío cantando dos mil veces la misma canción que le enseñaron ayer en el jardín. Porque sí, encima va a mi jardín.

Yo estoy en los Tigres, la salita de cinco años y ella está en los Ositos.

–Un elefante se balanceaba sobre la tela de una araña…

–Valeria, ¿te podés callar?- le digo en voz baja y pellizcándole un poco el brazo. Pero ella me mira y sigue cantando como si nada. Como si yo no le hubiera dicho nada, o como si fuera sorda. Y sigue.

—Y como veía que se mantenía fue a llamar a otro elefante...

Yo me doy vuelta y me pongo a mirar otra vez por la ventana.

—¿Qué pasa Iván?- mamá se da vuelta y me agarra la pierna.

Todavía está colorada y en la voz se le escuchan las ganas de llorar. ¿Por qué se enoja conmigo si se estaba peleando con papá? Yo no tengo la culpa de que él no le haya buscado el auto.

—Si no tenés auto, ¿quién me va a llevar a lo de Juan mañana?- le pregunto de repente. Porque Juan y yo arreglamos que yo iba a su casa el domingo y papá los domingos se va con sus amigos a jugar al fútbol y nunca me lleva a ningún lado en su coche. Mamá me aprieta un poco más la pierna. Me parece que está enojada porque yo estuve escuchando lo que hablaban.

—Un elefante se balanceaban sobre la tela de una araña...

—Y, ¿cómo pensás resolverlo?- le pregunta papá.

Mamá me suelta y lo mira.

—A mí no me preguntes. Era tu responsabilidad. Yo me pasé el día trabajando y después corriendo de un lado para el otro con los chicos. ¡Por una vez que te pido algo!

— Y como veía que se sostenía fue a llamar a otro elefante...

—Valeria, ¿te podés callar de una vez?- le digo sacudiéndole el asiento. Sorprendida del sacudón, me mira muda. Pero le dura sólo un minuto porque después sigue cantando la misma canción estúpida, una y otra vez. Mientras le contesta a papá, mamá me pega en la pierna para que me quede quieto. Y a mí me agarran unas ganas de llorar bárbaras y aunque trato de aguantarme porque soy grande, no puedo. -Iván, ¡dejate de llorar, me hacés el favor!- dice mamá. -Ya no sos un bebé para andar llorando por cualquier cosa- y me lo dice enojada conmigo.

Pero, y yo ¿qué hice? No puedo dejar de llorar, y estoy muy rabioso con mi mamá. Papá me mira por el espejito y me dice:

—Tranquilizate Iván que ya estamos llegando a la casa de la abu.

Pero yo no quiero llegar a la casa de la abuela, yo me quiero ir a mi casa.

—Un elefante se balanceaba…

—¡Callate Valeria, callate, callate!!- le grito a mi hermana sacudiéndole el asiento hasta que mamá me agarra de los brazos y me los arranca del asiento y me pega otra vez en la pierna y me grita:

—¡Basta Iván! Dejala cantar tranquila, ¿qué te molesta?

Entonces, Valeria se pone a llorar.

—¿No ves lo que hacés? Vení hijita…- dice mi mama mientras se arrodilla en el asiento, la levanta a Valeria y la pasa adelante con ella -No llores amorcito, ya pasó.

A ella no le grita. Pero la que empezó fue ella con esa canción de los estúpidos elefantes que ni siquiera sabe cantar. Porque no es siempre "un elefante" pero ella ni sabe contar. Lo hace a propósito porque sabe que no quiero que la cante. Y ahora no puedo parar de llorar. Miro otra vez por la ventana y lloro bajito para que no me griten más. Por lo menos mamá y papá se dejaron de pelear por el auto. A mi mamá solo le importa que Valeria no llore. Se pone muy nerviosa cuando llora mi hermana. Cuando lloro yo no. A mí me grita y me dice que me calle.

Antes no era así. Cuando yo era chiquito mi mamá no me

gritaba. Pero eso era antes de que llegara Valeria. Y cuando ella era un bebé, tampoco me gritaba. Ahora se enoja conmigo por cualquier cosa y lo único que quiere hacer es abrazar a mi hermana, y darle besos y decirle que es preciosa y que es su princesa.

Llegamos a la casa de la abuela. Desde que murió el abuelo el año pasado, ella vive sola en su departamento de Belgrano. Abre la puerta y al primero que le da un beso es a mí. Es mi abuela favorita. La mamá de mi mamá. Siempre me compra helados de dulce de leche que son mis preferidos y me lleva al cine a ver películas de Disney.

–Iván ¿por qué no la llevás a Valeria a jugar atrás?- pregunta mi mamá. Y yo tengo ganas de decirle que me quiero quedar con la abuela, que para eso vinimos, para jugar con ella. Pero mi mamá me mira de una manera que me da un poco de miedo así que le doy la mano a Valeria y la llevo atrás. Por suerte se dejó de cantar.

–Un ratito nada más Ivancito. Después voy a jugar con vos- me dice mi abuela que es la única persona grande que me entiende.

El cuarto de juegos es donde duermo cuando me quedo en lo de abu a dormir. Está lleno de cajones de cartón con rayas celestes y rosas donde hay millones de juguetes. Yo abro un cajón y saco los caballitos y los vaqueros. Pero Valeria quiere jugar con los cubos y como sabe dónde están, agarra la caja y la da vuelta en el piso haciendo un ruido tremendo.

–¡Valeria! ¡Mirá el lío que hiciste!

Pero ella me mira y se ríe.

–Juguemos a hacer casas de colores- me dice mostrándome los cubos de plástico. Pero yo quiero jugar con los caballos y los vaqueros así que me siento en el piso y hago una fila de caballos y después pongo a todos los vaqueros contra la caja para que se queden parados porque arriba de la alfombra peluda no se paran solos. Valeria agarra sus cubos y los empieza a apilar justo al lado de mis caballos.

–Nena, ¿te podés correr más allá?

–No. Quiero hacer las casas acá, al lado de tus caballitos.

Cuando le estoy por patear todos los cubos oigo que mamá dice:

–Él es el hermano mayor. Tiene que aprender a cuidar a su hermana.

Y mi abuela le dice:

–Pero es una criatura todavía. Valeria ahora habla, se puede comunicar, tiene su propia personalidad. No debe ser fácil para él sentirse desplazado, sentir que vos le prestás más atención a su hermana que a él.

Mi abu es la mejor abuela del mundo. No oigo lo que le contesta mi mamá, ni lo que dice mi papá, pero no me importa. Porque mi abuela es la única persona de todo el mundo que me entiende. Y cuando la escucho me dan otra vez ganas de llorar. Entonces le pateo los cubos a Valeria y ella se pone a llorar del susto y enseguida aparece mi papá y la levanta a upa y me acaricia la cabeza a mí y me da la mano.

–Vení Iván. Vamos a dejarla a Valeria con mami y la abuela. Y vos y yo nos vamos a la plaza un rato. ¿Qué te parece?

Yo tengo ganas de que me levante a upa a mí también pero mamá dice que soy grande para eso.

–Bueno- le digo a papá.

La abuela me sonríe y me da un beso.

–Que se diviertan mucho. Y… Carlos, antes de volver, ¿no pasás por la heladería y comprás un quilo de helado de dulce de leche?

Y yo me pongo recontento porque el helado de dulce de leche es mi favorito y la abuela lo sabe.

Detrás de la abuela está parada mi mamá con Valeria. Mi hermana se está chupando el dedo y cuando ve que papá y yo nos estamos yendo grita:

–¡Yo también quiero ir a jugar a la plaza, yo también quiero!!

–Vos te quedás jugando acá con la abu y conmigo- le dice mi mamá. Valeria empieza a llorar otra vez a los gritos como si la estuvieran estrangulando. ¡Qué pesada, se las pasa llorando! Pero mi mamá la baja al piso y se la lleva al living. La escucho que le dice con voz enojada:

–¡Basta de llorar! ¡Basta! Andá a traer tus chiches así jugás con nosotras. Andá. Entonces mi papá cierra la puerta y me agarra fuerte de la mano y yo estoy recontento.

EL RELOJ

Un reloj redondo y blanco con una bo-
lita negra que indicaba la hora y una roja
para los minutos: sólo dos bolitas mag-
néticas que transitaban mágicamente por
la superficie blanca. Nada más. Ni agujas,
ni rayitas, ni números. La hora librada a
la imaginación.

Ignacio lo había diseñado hacía años
un domingo a la tarde cuando lo mejor
que daban en televisión era un partido de
Boca- River que no le interesaba en lo más
mínimo. A las dos y media se había sentado frente a su tablero y hasta que no
encontró la solución para hacer funcionar
su invento, no se levantó. Era ya la medianoche pero Ignacio seguía trabajando
por ver su reloj terminado. Así que desar-
mó completamente el reloj de pared que
tenía desde el secundario y revolvió todo
su departamento hasta encontrar los
elementos que necesitaba para completar
su creación.

Fue a partir de la mañana siguiente que el tiempo cobró una nueva dimensión para él.

Había sido un impulso pintar de rojo la pared que separaba la cocina del comedor. Pero Ignacio quería que el reloj sobresaliera, que tuviera un lugar especial y espacialmente relevante. Para que todo el que entrara a su departamento, y él en particular, lo viera apenas abriera la puerta; para que fuera lo último que se viera al salir.

Al pintarla de rojo Ignacio descubrió que esa no era una pared común sino que se topaba con ella a cada rato. Es más, estaba convencido de que la pared se movía. Porque era físicamente imposible que una pared de poco más de un metro de ancho se pudiera ver desde cualquier ángulo del departamento, sobre todo cuando antes -cuando era una simple pared blanca – solamente se la veía desde el comedor.

Por la mañana, antes de salir de su casa, Ignacio sincronizaba su reloj pulsera con el de la pared porque ningún otro reloj le inspiraba la más mínima confianza. Ni el despertador que tenía en su mesa de luz, ni el enorme reloj de la puerta del banco de enfrente, ni el reloj electrónico de su oficina, ni siquiera el numerito que aparecía en la esquina inferior derecha de su computadora y que se actualizaba automáticamente por Internet. De todos desconfiaba. ¿Serían realmente las 7:15? ¿O estaría adelantado el despertador? ¿Tendría unos minutos más para seguir durmiendo? Ante la duda, levantaba la mirada buscando la pared roja donde estaba la verdad: 7:12. Sin pensarlo, Ignacio se daba vuelta y se dormía por unos minutos más hasta que se despertaba solo, ahora sí listo para empezar el día.

Ignacio estaba seguro de que los relojes tenían vida propia y que en algún momento −vaya a saber cuándo- saltaban para adelante o para atrás a su antojo.

Por eso prefería regirse por su reloj personal, aunque una vez que atravesaba el umbral de su casa se le complicaba sincronizarse con los horarios de los demás.

Así vivía desfasado. A veces llegaba temprano al trabajo y otras, tarde; aunque nunca igual de temprano o de tarde. Sus colegas nunca sabían a qué hora saldría a comer o cuándo volvería. Salía cuando tenía hambre y regresaba a veces a la media hora, si comía una porción de pizza en la pizzería de la vuelta y otras veces, a las dos horas si iba a una de las parrillas de moda en Las Cañitas.

Cuando tenía citas con sus clientes, era imposible predecir a qué hora comenzaría la reunión, lo que irritaba tremendamente a más de uno. Pero era tan bueno como creativo publicitario que sus jefes nunca habían avanzado más allá de un tímido pedido de que mejorara su puntualidad.

A sus amigos que habían emigrado a España los había despertado tantas veces al no tomar en consideración la diferencia de hora, que ya se habían acostumbrado.

Pero lo peor era la situación con Silvia, a la que a menudo dejaba esperando en un café o en una esquina, hasta que ella se cansaba y se iba a su casa y no lo atendía por el teléfono los dos días siguientes.

−Es que estaba en una reunión y se me pasó la hora- le decía Ignacio.

−¿Miraste el reloj?- Le preguntaba Silvia. Y él no se atrevía a confesarle lo que ella ya sabía: que no, que no había mirado el reloj ni una vez porque.... para qué…

Silvia le había regalado el reloj de pulsera suizo, como también un reloj blanco de pared que todavía permanecía guardado en la caja original en algún cajón de la cocina. -Para que no tengas más excusas- le había dicho respecto del reloj pulsera.

Pero él lo había recibido con pocas esperanzas. No sólo tenía manecillas para la hora, los minutos, y los segundos sino que además tenía cronómetro y alarma. Le inspiró una desconfianza inmediata. Pero se lo había regalado su novia y no podía dejar de usarlo. Entonces tuvo la idea de sincronizarlo diariamente con su reloj de pared.

El primer día salió de su casa ilusionado creyendo que ese artilugio le permitiría llevar en la muñeca esa hora imaginaria que había diseñado para sí mismo. Pero solo bastó con que al llegar a la oficina lo mirara, para darse cuenta de que el reloj adelantaba y desde ese instante dejó de prestarle atención.

Silvia no entendía su relación con el tiempo y él no creía en la posibilidad de explicarle. ¿Cómo hacerle entender que la falta de definición del reloj que había diseñado era lo que le daba al tiempo el lugar justo en su vida? Que su pasión era imaginar la hora justa para el momento presente. Una especie de hora "prêt a porter". O inventarse los minutos que le hacían falta para dormir, para pasar un rato más diseñando placenteramente un comercial, para alargar la caminata después del almuerzo, para discutir fraternalmente problemas con los amigos que viven del otro lado del océano. ¿Cómo explicarle todo esto a Silvia que solo veía sus desencajes temporales como una falta de consideración al prójimo? Como una afrenta personal contra ella. Cómo hacer que entendiera que no eran otra cosa que su manera de desafiar las limitaciones que le imponía un día de 24 horas.

Una noche, Ignacio llegó tarde al restaurante donde lo esperaba Silvia. Muy tarde, a juzgar por las sillas dadas vuelta sobre las mesas. Silvia ya no estaba. La llamó a su casa pero lo atendió el contestador. Resignado, decidió regresar a su departamento caminando. Era una noche tibia, ideal para caminar por las Barrancas de Belgrano hasta su departamento en Cramer y Juramento. Esquina por medio marcaba el número de Silvia siempre con el mismo resultado. El corazón le saltaba en la cavidad torácica como una de esas pelotitas de goma transparente que rebotan endemoniadamente apenas tocan una superficie dura. ¿Y si esta vez se hubiera cansado en serio? ¿Y si Silvia desaparecía por completo de su vida? Llamó de nuevo. En algún momento, ella tendría que volver a su casa. No quería pensar en la posibilidad de perderla.

La vio apenas abrió la puerta.

–Hola- le dijo Silvia con un tono liviano que no dejaba entrever ningún resentimiento por el plantón.

–¡Perdoname!- le contestó Ignacio abrazándola con apuro y algo de desesperación. -Se me hizo súper tarde y ya te habías ido.

–No, no fui al restaurante. Vine directamente aquí para esperarte.

Ignacio la miró desconcertado. De pronto notó que Silvia estaba sentada en una silla frente a la pared roja y más precisamente, al reloj.

–¿Qué hacías?- le preguntó.

–Trataba de entenderte- le contestó ella.

Ignacio se sonrió y acercó una silla a la de Silvia. Ahora los dos miraban el reloj con total abandono.

–Es increíble, ¿no?- Ignacio, encantado de que Silvia estuviera ahí, a su lado, admirando su reloj.

–Sí- contestó ella con una misteriosa sonrisa-. Ahora quiero que me hagas uno igual para mí.

Sorprendido, Ignacio giró la cabeza para ver si Silvia le hablaba en serio. Su mirada se cruzó con el reloj del banco de enfrente. Marcaba las 11 en punto. Automáticamente, giró la muñeca para mirar la hora. Eran las 11. En un impulso se levantó y prendió el televisor. En ese preciso momento el locutor anunciaba: "Este es su noticiero de las 11." Rápidamente, Ignacio entró a su cuarto y de un manotazo prendió la radio de su despertador. Una mujer con voz sensual decía: "Esta señal – piiiiiiiiiiiiiiiiiip- indica las 11 de la noche."

Regresó al living y se sentó nuevamente junto a Silvia que le preguntó:

–¿Qué pasa?

–Acabo de enterarme de que para el resto del mundo son las 11- dijo Ignacio algo acongojado.

–¿Y para vos?- le preguntó Silvia levantando las cejas.

–Para mí es distinto. Ahora por ejemplo, es la hora justa para que preparemos unos ravioles con queso y nos metamos a comer en la cama- contestó Ignacio tomándole la mano a su novia- Y ¿para vos? ¿Qué hora es?- Le preguntó él.

–Las once- contestó Silvia apretando los labios-. Pero cuando me hagas mi propio reloj, va a ser distinto para mí también- agregó con un tono esperanzado.

Ignacio no dijo nada. Obviamente, Silvia empezaba a entender las consecuencias de tener un reloj como éste y estaba decidida a arriesgarse a los cambios que se suscitarían en su vida, en la de los dos. El impacto en la rutina diaria de crear el propio tiempo, de estar afuera del tiempo de los otros.

De pronto Ignacio se preguntó por primera vez si él sobreviviría al tiempo de Silvia. Si coincidirían en su forma de inventarlo o si las discrepancias los distanciarían. Si tal vez no sería mejor insertarse en el tiempo del resto del mundo. O si acaso, el tiempo personal sería siquiera posible…

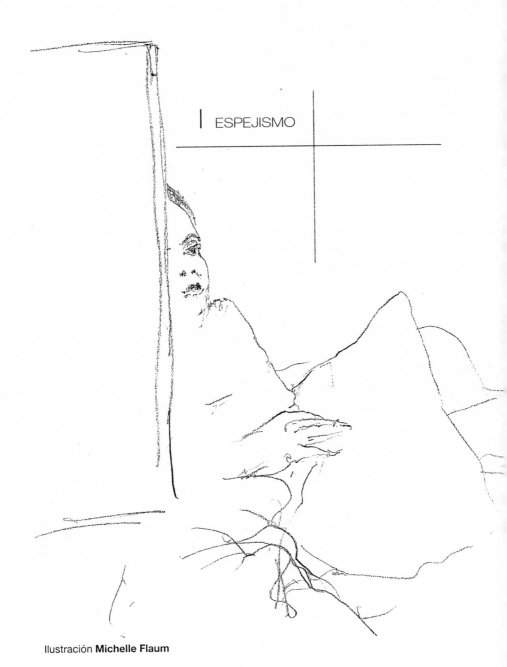

ESPEJISMO

Ilustración **Michelle Flaum**

Se estudia cada lunar, cada línea; el vidrio frío del espejo le devuelve sus ojos verdes del mismo tono que la esmeralda que lleva en el dedo anular desde su última promoción. Hace varios minutos que está sentada en el tocador y aún no se ha maquillado. Últimamente, es parte del ritual diario: primero reconocerse en el espejo, confirmar su existencia y recién entonces aplicar el rimel y el lápiz labial.

No es un proceso fácil ni rápido. El primer contacto con la superficie pulida de un espejo es siempre el más difícil: asomarse de a poco y verificar si la imagen se forma o si lo único que ve es el cristal. A veces toma un par de segundos hasta que los haces de luz se combinan para que aparezca Sofía. Y en esos segundos ella, aterrorizada, mantiene la respiración. Cuando finalmente aparecen su cara y su torso Sofía expulsa –con un efímero alivio- el aire de sus pulmones de un solo y angustiado soplo.

En ese momento, con cuidado desenrosca el rimel y se pinta las pestañas de negro para enmarcar sus ojos. La intensidad y el brillo la hipnotizan. Con sus ojos sobre los de su reflejo, Sofía entra en una dimensión que excede este frío cristal. Está suspendida entre dos versiones de sí misma: la de carne y hueso y la de luz. En este estado hipnótico no siente la diferencia, no distingue entre ella y su imagen, entre el dentro y el fuera.

Inesperadamente, su gato se le sube a la falda y rompe el hechizo. Sorprendida, desenchufa sus ojos de los del espejo y cuando vuelve a mirar, simplemente ve su reflejo. Acaricia el lomo de Rosco –distraída- y lo deposita en el piso para seguir maquillándose. No le falta mucho: un poco de lápiz labial y un toque de color en las mejillas y está lista para ir al encuentro de Regina.

Es sábado al mediodía y como hace calor decide caminar por la Quinta Avenida hasta el Parque Central adonde quedó en almorzar con su amiga. Parece que todo el mundo tuvo la misma idea y un mar de gente negocia los cruces de las bocacalles con los autos que interrumpen el flujo peatonal. Sofía mantiene su sonrisa a toda costa. Está segura de que provoca una reacción positiva en la gente, que se preguntará en qué estará pensando esta mujer. Pero ella, en realidad, no piensa en nada más que en qué contarle a Regina.

Lo bueno es que la Quinta Avenida está llena de tiendas con enormes vidrieras donde Sofía se mira al andar. Va siguiendo su reflejo desde el comienzo al final de cada local, sin que su mirada penetre más allá de la superficie vidriada. No ve los últimos modelos que lucen las estilizadas maniquíes. Ni siquiera registra qué hay detrás del vidrio. Así, distraída se choca con un hombre que viene de frente.

-¡Perdón!-, le dice el hombre sin mirarla antes de seguir andando en sentido opuesto. Sofía, sacudida por el golpe, se acomoda el vestido, se pasa la mano por el pelo y verifica rápidamente en el vidrio que su imagen aún esté allí. Luego continúa caminando.

Y cada tanto, entra en un negocio solamente para pararse frente al espejo y comprobar que nada ha cambiado desde que salió de su casa. Sigue siendo la misma Sofía, sigue ocupando el mismo espacio. En una de esas incursiones, se le acerca un vendedor joven y le pregunta si la puede ayudar en algo. Sofía contesta que en nada y sale del local con paso agitado.

A medida que se va acercando al Parque Central su ansiedad va en aumento. Hace tiempo que no ve a su amiga. Desde que hablaron por teléfono hace dos días se debate entre si contarle todo a Regina o no decirle nada. Lo lógico es que le cuente porque es su mejor amiga. Pero lo cierto es que para Sofía confesarle que aparece y desaparece es difícil aún cuando se trate de Regina. Aunque tiene que haber alguna manera de decirle lo que le pasa sin que piense que está loca.

La primera vez fue hace dos meses. El mismo día en que su jefe –el presidente de una prestigiosa compañía de software- le dijo que desgraciadamente tenían que prescindir de los servicios tanto de ella, la vicepresidenta, como de todo su equipo. Este año las ventas no habían llegado al nivel esperado y debían cerrar su división. Cuando Sofía regresó a su casa esa noche, se sentó frente al tocador y mientras miraba las lágrimas correr por sus mejillas su imagen desapareció del espejo. En frente de ella solo había un vacío. La otra no estaba. Sofía sintió pánico frente a esto y la absoluta ausencia de sonidos, de sentimientos, de expectativas.

En días sucesivos, mientras buscaba infructuosamente otro trabajo -¡parecía que todos los puestos gerenciales como el suyo se habían esfumado!- desapareció varias veces. Y no todas ocurrieron sentada frente al tocador de su casa. Una vez desapareció del espejo del baño de una compañía donde le dijeron que por ahora no estaban contratando pero que dejara su curriculum. Otra, de la superficie cromada del ascensor de un edificio adonde había ido a ver un departamento bastante más chico que el suyo para bajar sus gastos de inmediato.

Vuelve a pensar en Regina; su amiga del alma. Al menos, su amiga del alma cuando ambas podían pagar una cena en cualquiera de los mejores restaurantes de Manhattan. Cuando en un impulso sacaban un pasaje y se iban a pasar el fin de semana a París o a Viena sin pensar en presupuestos. ¡Cuántos sábados habían caminado juntas por esta misma avenida haciendo compras: Fendi, Henri Bendel, Armani y después habían tomado un taxi hasta el penthouse de Regina en la noventa y dos y Riverside para probarse la ropa juntas, desfilar frente al enorme espejo que había en el placard de su amiga y halagarse mutuamente!

Regina no sabía que Sofía había perdido su trabajo porque ella no había encontrado el momento ideal para decírselo, pero ahora ¿qué relevancia podía tener la falta de empleo comparada con el fenómeno extraordinario de sus desapariciones? – se repite Sofía a medida que las cuadras van pasando bajo sus pies como la cinta transportadora en un aeropuerto.

De pronto se detiene en un semáforo. En la esquina hay una tienda de ropa para adolescentes y mientras espera que la luz se ponga verde, busca su reflejo en un enorme espejo que da a la puerta de entrada. Pero sólo ve a la gente caminando por detrás y por delante de ella pero no se ve a sí misma. En el lugar donde está parada, no hay nada. Ni siquiera un hueco. Ve gente atravesándola por derecha e izquierda, triturando el espacio que se supone que ella debería ocupar. No siente dolor y eso la confunde. Si nadie la ve, si la pisan, si la atraviesan como si no existiera, no le queda más remedio que creer que no existe. O por lo menos que es un ente inmaterial.

–Perdón, ¿sabe dónde queda la Torre de Trump?-, le pregunta de pronto una mujer joven que empuja un cochecito de bebé. Sofía deja de mirar el espejo y le contesta que sí, que queda derecho a unas cinco cuadras de ahí.

–Gracias-, dice la mujer y se va en la dirección que le indicó Sofía, quien al volver los ojos al espejo vuelve a encontrar su imagen. Se toca la cara, el pelo, y luego desliza las manos por su contorno. Todo parece estar otra vez en su lugar.

Aprovechando su visibilidad, cruza la esquina y continúa su camino en dirección al Parque Central. Evita mirarse en las vidrieras para no volver a desaparecer. No sabe por qué de pronto tiene urgencia por encontrar a Regina y confiarle su misteriosa enfermedad. Porque ¿de qué otra manera puede llamar a este fenómeno? Y ella que pensó que lo peor le había pasado aquel día de las cinco entrevistas. Esa tarde, cuando finalmente llegó a su casa y se sacó los zapatos de cuatrocientos dólares que tanto le hacían doler los pies, y se tiró en la cama con una sensación de fracaso total. De no ser nadie, cuando pensó que nunca se había sentido peor en su vida, tan humillada...

Pero esta existencia intermitente le produce un profundo terror. El de saber que en el momento más inesperado puede desvanecerse frente a sus propios ojos.

Ahí está Regina. Parada en la esquina con sus pantalones Prada y su cartera Louis Vuitton original. El pelo castaño desflecado como las modelos de Vogue, los anteojos de sol azules. Sofía está a punto de arrepentirse de haber ido a la cita. Apenas ve a su amiga siente que se abrió un enorme precipicio entre las dos el día en que ella quedó desempleada. En un instante se le hace muy claro que entre Regina y ella no hay nada más en común. Que su particular inestabilidad existencial no puede interesarle a su amiga porque no tiene un punto de referencia. Sofía apuesta a que en sus treinta y dos años, Regina no se sintió nunca tan hondamente desesperada y sin salida como ella.

Está por darse vuelta y escaparse antes de que la vea llegar, pero Regina gira la cabeza y la ve.

–¡Hola!- exclama entusiasmada dando unos pasos hasta quedar delante de Sofía.

–¿Qué tal tanto tiempo?- dice mientras la abraza.

Sofía prueba una sonrisa.

–Vení, vamos al restaurante del Plaza-, sugiere Regina con la naturalidad de siempre.

Y en ese momento, Sofía por primera vez desde que sufre de esta existencia inestable, ruega desaparecer, desmaterializarse para no tener que decirle a su amiga que hace dos meses está sin trabajo y que no puede pagar un almuerzo en el Plaza.

Pero por más que suplica a los dioses en los que no cree y tal vez por esa misma razón, Sofía no desaparece. Al contrario, parece adquirir una espesa consistencia que le hace imposible ausentarse del almuerzo ni siquiera por unos minutos. La escucha a Regina ordenar su comida, mientras ella todavía no ha podido traducir el menú a un lenguaje inteligible en el que los exorbitantes precios cobren algún sentido.

–¿Qué vas a comer?- le pregunta Regina cerrando su menú y entregándoselo al mozo. Sofía no levanta los ojos del suyo. Finalmente dice que no tiene hambre, que va a tomar un café. El mozo, escondiendo su decepción, le retira el menú. Cuando el hombre se aleja, Regina pregunta:

–¿Te sentís bien? No entiendo, venimos a almorzar y ¿vas a tomar nada más que un café?

Sofía duda nuevamente si contarle la verdad a su amiga. A lo mejor puede pasar el almuerzo sin decirle nada. Solamente manteniendo su postura de que no tiene hambre, de que desayunó tarde. Total, cada una se va a ir por su lado y no se van a ver por unas semanas, porque Regina se va de viaje y tal vez cuando se vuelvan a ver, Sofía haya dejado de desaparecer y ya tenga trabajo, y no haya hecho falta contarle nada.

Regina mueve mucho las manos al hablar y Sofía se concentra en ellas perdiendo gran parte de las palabras que esas manos enfatizan. Se pregunta ¿de qué habla con Regina de costumbre? ¿De qué? ¿De modas? ¿De la farándula? ¿De hombres? No está del todo segura pero sospecha que de cosas sin ninguna importancia. Pasar a hablar, de la última conquista de Regina – que si Sofía no se equivoca, es de lo que su amiga está hablando en ese momento- al fenómeno de sus desapariciones cuando se mira en los espejos le resulta más que complicado.

Sofía ruega de nuevo al cielo y a las fuerzas de la naturaleza y en realidad, a cualquiera que escuche su silenciosa plegaria, desaparecer de esa mesa, ya. Sin embargo, a medida que pasa el tiempo y que nada le demuestra que sus deseos se vayan a cumplir, se da cuenta de que la única esperanza que le queda es sacar su espejito de la cartera. Después de todo hasta ahora, cada vez que desapareció hubo algún tipo de espejo de por medio.

Mientras Regina come su torta tibia de manzanas con helado, Sofía se pinta lentamente los labios mirándose al espejo. A los pocos instantes, solo ve reflejada la cabeza de la mujer que está sentada detrás de ella en el restaurante. Su propia imagen se esfumó por completo. Regina sigue hablando de la gira que está planeando para lanzar el nuevo perfume de una modelo muy conocida.

—¿No ves que desaparecí?- le pregunta Sofía.

—¿Qué?- Regina frunce el seño, no entiende nada.

—Que desaparecí, que hace dos meses que aparezco y desa-parezco.

—¡Ah! ¿Por eso no me devolvías los llamados?

—No, no te los devolvía porque perdí mi trabajo y no sabía cómo decírtelo. Hace dos meses que no cobro sueldo. Fui a veinte en-trevistas y nada. No sé cuánto me va a tomar conseguir otro trabajo. Tengo que dejar mi departamento porque no puedo seguir pagando el alquiler. Estoy viviendo de mis ahorros.

—¿Cómo no me lo dijiste?

Sofía siente la mano de Regina sobre la suya y se pregunta cómo pudo encontrarla sobre la mesa cuando ella - de acuerdo al espejo- sigue siendo invisible.

—Haceme el favor, comé, yo te invito-, le dice Regina llamando al mozo. Qué raro, piensa Sofía al no detectar ni un ápice de cinismo en la voz de su amiga.

–¿Por qué no bajás el espejo?- le pregunta Regina.

Sofía pone el espejo en la mesa y le pregunta:

–Pero entonces ¿me ves?

–¿Cómo que si te veo? ¿De qué hablas? Disculpame pero ¿te estás volviendo loca?

–Nada, nada, perdoname; es que estoy un poco obsesiva- dice Sofía guardando el espejo en su cartera.

–Lo que no entiendo es por qué me dejaste seguir hablando de estas pavadas cuando estás en una situación tan difícil. Me siento una imbécil. ¿Necesitás que te preste plata?- le pregunta Regina.

No -le contesta Sofía. -Gracias.

Sofía le pide al mozo un plato idéntico al que comió Regina. Regina pide otro café para acompañar a su amiga mientras come. Cuando Sofía termina, Regina, sin consultarle, ordena *creme broulè*, el postre preferido de su amiga. Sofía le sonríe agradecida.

–Fueron unas semanas espantosas- dice Sofía. -¿Alguna vez te pasó de mirarte al espejo y no verte?

Regina frunce el entrecejo otra vez.

–¿Qué querés decir con "no verte"?

–Eso. Que ves el cristal pero vos no te ves. Ves la gente que está parada detrás o los muebles reflejados pero de vos… ni rastro.

–Sofi, me parece que estás pasando por un mal momento. Lo que me decís es físicamente imposible- dice Regina sacudiendo ligeramente la cabeza y con las cejas tan altas que se le forman dos arrugas perfectamente paralelas en la frente.

–Sí, ya lo sé. Por eso no te lo quería decir. Porque es imposible.

Poco después Regina paga y salen a la calle.

–¿Por qué no te venís a vivir conmigo?- le pregunta Regina en la puerta del Plaza, en medio del sol radiante que cae sobre la ciudad como una pincelada dorada - Lo vamos a pasar bárbaro y no tenés que gastar en alquiler hasta que encuentres trabajo.

Sorprendida por el ofrecimiento, Sofía le dice:

–¡Gracias! Me hace bien saber que cuento con vos. Pero prefiero alquilar algo más chico por un tiempo.

Regina la abraza con una gran fuerza y le dice:

–Sabés que estoy para lo que necesites.

Después de despedirse, Sofía inspira profundo y exhala como si se hubiera sacado un gran peso de encima al haber hablado con Regina. En realidad, al haber puesto en palabras todo esto que le pasaba y que sólo ella parecía notar hasta ahora. Luego se aleja caminando despacio por la Quinta Avenida con la mirada vuelta hacia dentro. Ya no busca su reflejo ni en vidrieras, ni en espejos, ni en las superficies de metal pulido.

HUELLAS

Cuando empezaron los gritos esa mañana, Camilo se tapó la cabeza con la almohada en un vano intento por acallarlos y poder seguir durmiendo. Pero la verdad es que los seguía escuchando a través de las plumas de la almohada, aun cuando ahora parecía que las voces le llegaban de algún país lejano. Tenía suerte de que hoy los gritos no estuvieran dirigidos a él. O por lo menos, no todavía, porque nunca se sabía cuándo le caería encima el próximo alud de vociferaciones.

La pelea era tan intensa que en pocos minutos la almohada no alcanzaba ni siquiera para disminuir los aullidos de sus padres. Camilo prefería no entender lo que decían. Tenía terror de que estuvieran peleando por su culpa y temía que en cualquier momento aparecieran en su cuarto y lo convirtieran en el nuevo blanco de la pelea.

Para evitar ver cómo se desarrollaban

los acontecimientos, el niño se abrigó bien y saltó por la ventana de su cuarto al jardín. Lo recibió una densa capa de nieve que no se había derretido desde el comienzo del invierno.

Eran las siete de la mañana y en media hora tendría que regresar para prepararse para ir a la escuela. Pero por lo menos ahora estaba a salvo del griterío.

Clavó los ojos en la alfombra blanca que se extendía bajo sus pies. Una serie de extrañas huellas se hundían en la superficie endurecida de la nieve. Hacía un frío ártico y Camilo sabía que no podría quedarse por mucho tiempo a la intemperie, pero por el momento las pisadas habían atrapado por completo su atención. Caminó unos metros hacia el fondo del jardín que terminaba donde comenzaba un enorme bosque de árboles pelados. Cuidando que sus pasos no borraran las marcas, las miró de cerca sin alcanzar a identificarlas. ¿Eran huellas de lobos? "Aquellas sí, pero éstas no", se dijo. Y esas que están ahí ¿serían de mapaches? Pero eran demasiado grandes para ser de mapaches. Más bien parecían ser de osos. El niño nunca había visto un oso detrás de su casa. Es más, estaba casi seguro de que no vivían en esta área de New York.

Siguió las huellas por un trecho hasta que de pronto descubrió lo que parecían ser pisadas de un pie humano pero con largas garras. "No puede ser – pensó-. El hombre de las nieves no existe. Es una leyenda." El padre de Pablo, su mejor amigo, se lo había dicho cuando vieron la foto en un periódico del supermercado; "es una foto trucada," le explicó, y después le aclaró lo qué quería decir "trucada". Pero estas pisadas no parecían de ningún animal que Camilo conociera y definitivamente no eran de un hombre descalzo. Las siguió por unos metros más y luego vio que paralelas a esas aparecían otras huellas raras. Tenían dos dedos y dejaban marcas profundas. "Estas son de ciervos", pensó algo aliviado. Las había visto muchas veces cuando su jardín estaba nevado.

Sin embargo, mirándolas con más detenimiento se dio cuenta de que éstas pertenecían a algún animal con dos patas, y por más que pensó y pensó, no se le ocurrió la clase de animal que pudiera haberlas dejado.

Las pisadas se iban entrecruzando en el camino como si hubieran sido dejadas por una peculiar manada de los más diversos animales que viajaran juntos. Camilo las siguió un buen trecho más y luego revirtió el sentido de su caminata para regresar a su hogar, cuando notó que las huellas llegaban hasta la puerta principal. ¿Dónde estaban esos animales? ¿Habrían entrado a su casa?

El susto pudo más que la curiosidad y antes de poder contestarse estas preguntas, entró de nuevo por la ventana justo antes de que su madre llegara a despertarlo. Trató de esconder su agitación bajo las frazadas hasta que su mamá se fue del cuarto; después saltó de la cama vestido. Para evitar sospechas, se demoró unos minutos en aparecer por la cocina.

Esa tarde cuando bajó del autobús, Camilo dio unas vueltas por el jardín en busca de las pisadas. Quizá -más despierto y con mejor luz- se daría cuenta de qué animales las habían dejado.

Cuál no sería su asombro al descubrir que la nieve estaba completamente lisa, como si le hubieran pasado una gigantesca plancha por encima. No quedaban ni siquiera rastros de sus propias huellas. El pequeño repitió el recorrido varias veces desde su ventana al fondo del jardín y luego a lo largo del bosque. No había llovido, ni había hecho el suficiente calor para que la nieve se derritiera y se borraran unas marcas que tendrían por lo menos cuatro centímetros de profundidad.

Finalmente se dio por vencido y entró a su casa entre confundido e intrigado. Encontró a su mamá en la cocina preparándole una leche chocolatada y unas tostadas. -Sentate y comé-le ladró. Porque su mamá nunca hablaba. Siempre estaba de mal humor; durante el día actuaba como si el mundo estuviera en contra de ella y como la mayor parte del tiempo el único otro habitante de la casa era Camilo, generalmente se desquitaba con él. A la noche, cuando volvía su papá, cambiaba de tono como para complacerlo pero no pasaba mucho tiempo hasta que por cualquier tontería los dos se enredaban en una de sus encarnizadas peleas y el padre empezaba a gritar y la madre no se quedaba atrás.

–Hoy vi unas pisadas muy raras en el jardín- insinuó Camilo sin levantar los ojos de su tazón.

–¿Raras? ¿Qué querés decir?- la madre no dejó de darle la espalda; estaba cocinando algo que olía bien.

–No eran de ningún animal de por aquí.

–¿Y de quién van a ser? ¿De extraterrestres?- le devolvió su madre con sarcasmo.

Camilo se hundió dentro del tazón de leche; "ojalá se le queme lo que está cocinando", pensó.

No tenía sentido continuar la conversación. Ahora encima tendría que aguantar que se lo contara a su papá riéndose de él, tomándolo por mentiroso. Terminó su merienda y callado se fue a su cuarto a hacer la tarea.

Los gritos empezaron después de la cena.

–¿Qué me dice tu madre que viste unas pisadas medio raras?

¿Dónde? ¿Cuándo?- Por su tono, Camilo sabía que en realidad el papá no estaba buscando una respuesta; sólo estaba esperando la oportunidad de gritarle.

–Esta mañana, cuando salí para la escuela- mintió Camilo. Daba igual. No se salvaría de la reprimenda.

–¿Y quién te dijo que vayas por ahí buscando problemas? ¡Lo único que falta es que el vecindario se entere de que estás alucinando!- el papá se levantó de la mesa y como siempre que gritaba empezó a pasearse por la cocina mientras continuaba con su argumento. Camilo hubiera querido taparse los oídos para alejar a ese hombre que no entendía cómo había llegado a ser su padre. ¿Sería su padre?

De nada servía defenderse, o pedir perdón. Lo mismo daba callar, o darle la razón. Cuando empezaba, solamente había que esperar a que se le acabara la gasolina y se fuera a dormir.

–Ya te dije mil veces que no te vayas por el bosque solo. Es peligroso. Y también te prohibí que vieras esas películas de la guerra de las galaxias y esas otras porquerías que mirás por te-levisión. Te comen el cerebro y después salís con estas estupideces.

–Camilo pensaba que las huellas eran reales y que no eran una estupidez. De alguna manera habían aparecido. Algún animal o algún hombre las había dejado. Pero la pregunta era cómo habían desaparecido. Su pensamiento lo sacó de esa cocina miserable y le permitió sobrevivir el griterío sin ser consciente del paso del tiempo. Sin que notara en qué momento, su padre se había ido a dormir y lo había dejado sentado solo a la mesa. Dejó a su madre lavando los platos y se fue a su habitación.

Puso el despertador para las 6:30 para repetir su excursión por el jardín. No bien sonó la chicharra, la apagó de un golpe y se abrigó para salir. Sigilosamente saltó por la ventana. El aire gélido lo dejó sin respiración. Pero apenas se recuperó, bajo la tenue claridad matutina, vio las misteriosas huellas ir y venir desde su casa hasta las profundidades del bosque. "Esto es rarísimo", se dijo. "¿Adónde van estas huellas? ¿De dónde vienen?"

Las estudió un rato y hubiera querido poder llevárselas para mostrárselas a sus padres y probarles que no era un mentiroso. Pero no podía llevarse un pedazo de nieve. Tal vez mañana debería volver con una cámara de fotos. Aunque pronto recordó que no tenía una. Nuevamente siguió las pisadas hasta el bosque y comprobó que continuaban hasta donde su vista le permitía ver.

Al cabo de un rato volvió a su habitación. "A lo mejor son monstruos", pensó Camilo seriamente. "Monstruos que visitan a mi familia todas las noches y desaparecen a la mañana." Se quedó dormido incubando estos pensamientos.

Durante toda la semana, Camilo se despertó media hora antes de lo que debía solamente para verificar que las pisadas pasaban por debajo de su ventana y continuaban hasta la puerta de entrada principal de su casa. Ya no le hacía falta caminar hasta el bosque para saber que se perdían allá lejos. Era siempre el mismo grupo de huellas dispares que había visto la primera vez y que para cuando regresaba de la escuela ya habían desaparecido. Un día en que se hizo el enfermo para quedarse en casa y poder presenciar la desaparición de las huellas, se sintió sumamente frustrado porque desaparecieron en los únicos cinco minutos en que dejó de mirar para ir al baño.

Cuando no aguantó más la intriga, volvió a hablar con su mamá con la esperanza de que lo ayudara a develar el misterio:

–Las huellas que vi la semana pasada aparecen y desaparecen todos los días.

Su madre lo miró como se mira a un desquiciado. Arrojó el diario que estaba leyendo en el sillón y le preguntó con tono agresivo:

–¿Todavía estás con eso? ¿No fue suficiente lo que te dijo tu papá?

–Es que es muy raro. A la mañana hay pisadas al frente de la casa y a la tarde ya no están. ¿No te parece extraño?- Camilo no quería dejarse intimidar. Este tema le preocupaba y no sabía con quién hablarlo.

–Vivís en un mundo de fantasía. ¿Por qué no te ocupás de tu tarea, de cosas más reales?- le preguntó su madre recogiendo el diario nuevamente.

Para Camilo no había nada más real que el misterio que no lo dejaba dormir. Se lo había contado a Pablo y éste se moría por dormir una noche en casa de su amigo para verlas. Pero en la casa de Camilo no eran muy adeptos a tener invitados. Y cuando sus padres empezaban a pelearse, él se daba cuenta del porqué.

A medida que pasaban los días, la idea de que los que dejaban las huellas eran monstruos y no animales se le hizo cada vez más clara. Sólo hubiera querido poder descubrir a dónde iban a la noche y cómo se las arreglaban para borrar sus rastros durante el día.

Una mañana de la segunda semana, Camilo se despertó sobresaltado por los gritos.

–¿Hasta cuándo vas a seguir con esa historia?- gritaba su papá.

–¿Qué historia? ¡Es lo que siento!- contestaba su mamá en el mismo volumen.

El corazón le latía con la velocidad de una locomotora barranca abajo.

–Sos igual que Camilo, puros inventos- aulló el papá.

Y cuando el hijo escuchó su nombre se le contrajo la boca del estómago. Se quedó quieto debajo de las frazadas sin respirar, a la espera de que alguno de los dos apareciera en su cuarto. Pero la discusión se mantuvo en la cocina y de a poco se fue transformando en un murmullo de fondo que lo adormeció contra su voluntad de estar atento. Soñó que los extraños seres que dejaban huellas en la nieve entraban de noche a su casa y se metían adentro de sus padres, transformándolos en monstruos. Que en realidad, sus padres eran gente normal pero que los monstruos los hacían gritar y pelearse entre sí y maltratarlo.

Se despertó asustado cuando su mamá le sacudió el brazo esa mañana.

–Pero ¿qué te pasa? ¿No escuchás que te estoy llamando?- le gritó casi al lado de la oreja -Vestite que vas a llegar tarde y no tengo ganas de tener que llevarte con el auto. Camilo no atinaba a moverse. Ahora le quedaba claro. Lo veía en los ojos negros y desorbitados de su mamá. Estaba seguro de que su sueño era verdad. Estaba poseída por un monstruo. Igual que en esa película que pasan los viernes trece -¿No me escuchás Camilo? Hacé el favor y vestite.

Aterrorizado por lo que acababa de descubrir, Camilo hizo un esfuerzo y se levantó apenas su mamá salió del cuarto golpeando la puerta. Metió rápidamente en su mochila un cuaderno de notas, su linterna de acampar, y una frazada vieja y la tiró por la ventana. Luego se puso varias capas de ropa para protegerse del frío.

Después de despedirse de su madre en la cocina, en lugar de caminar hasta el buzón donde lo levantaba siempre el autobús escolar, pasó agachado por debajo de su ventana y recogió el bulto. Tan rápido como se lo permitieron la nieve y el hielo, desapareció por el bosque siguiendo las huellas de los monstruos que se perdían a lo lejos.

I LA MUERTA Y LA OTRA

No creo que fuera la obra de teatro; estaba muerta desde mucho antes. Pero se me hizo patente cuando encendieron las luces y los actores salieron a saludar.

Ella no pestañeaba, no aplaudía, no daba señales ni de entusiasmo ni de desagrado. Era imposible saber si la obra le había gustado o no. Si había tocado algún punto delicado de su impenetrable psiquis o ni la había rozado.

–Cristina- le toqué el codo apoyado sobre el apoyabrazos compartido- ¿te gustó?

–Muy buena- me contestó en un tono neutro -. Muy buena.

Para mí la obra había sido fortísima, un sacudón de ésos que funciona como catalizador de emociones que uno guarda embotelladas sin siquiera saberlo. Y para ella era solamente "muy buena". ¿Muy buena en qué sentido? ¿Literario? ¿Dramático?

Eso fue lo que me confirmó que estaba muerta: una cara que se conectaba con el mundo con escasos gestos pero que detrás no ocultaba nada.

Nos despedimos en la puerta del teatro sin siquiera tomarnos un café para intercambiar opiniones. Pero así eran siempre las salidas con ella. Compartíamos algún espectáculo en silencio, un concierto, una conferencia, una película y después nos separábamos como dos extrañas que casualmente habían estado sentadas una al lado de la otra por dos horas.

Al principio había sido una relación muy despareja en la cual yo hablaba de mis sueños, mis temores, mis relaciones y mis proyectos; y ella callaba. Pero en cuanto entendí que mis confesiones se hundían en el vacío de su hermetismo, decidí callar yo también. Y así nuestra relación evolucionó hacia algo menos que una amistad: un lazo flojo, sujeto por eventos a los que acudíamos juntas por no ir solas.

Me alejé del teatro en dirección contraria a la de Cristina, como si hasta ese irse por caminos opuestos marcara nuestra relación. Pensé en la obra, en Freddy, el hermano mayor que vivía indirectamente a través de Cal, su hermano menor, como una liendre. Freddy que se mataba trabajando para pagarle los estudios universitarios a Cal y para verlo triunfar. Freddy que en realidad, no se centraba en su propia vida para no tener que enfrentarse con su propia situación: una mujer a la que no aguantaba, una hija retrasada mental internada en una institución. Para no tener que rendirse cuentas a sí mismo de sus propias acciones.

"Hacer todo por los demás tiene su precio- pensaba yo en ese momento-; para uno y para los demás. Porque si bien los demás quedan en deuda con uno, uno ¿dónde queda?"

Y pensaba en Cristina y en su envidiable carrera profesional – el orgullo de su familia – y en cómo por ayudar a sus hermanos y sobrinos y primos a salir adelante había postergado su vida de tal manera que ya nunca la alcanzaría, porque a los treinta y ocho años estaba muerta. No había dentro de ella ni una mínima inquietud para compartir, nada que pudiera interesarle al hombre que ella aún buscaba para convertir en su esposo y padre de sus hijos. Solo había números y cuotas y vencimientos impuestos por la empresa multinacional en la que tenía un alto cargo directivo. Ni una anécdota que la conmoviera lo suficiente como para contarla, ni una situación que la hiciera dudar. No, no quedaba rastro de la habitante de ese cuerpo.

Caminé varias cuadras antes de sentarme sola en un café. Necesitaba reflexionar sobre lo que acababa de descubrir: que mi amiga, o mejor dicho conocida, estaba muerta y que así y todo yo mantenía una relación con ella. Que habíamos visto una obra que tocaba una temática que la afectaba en forma directa y que sin embargo no se había visto identificada con la situación en lo más mínimo. ¿No sería hora de dejar de verla? La realidad es que no me resultaba fácil abandonarla. Me sentía culpable porque yo era su única amiga, o al menos, su única compañera de salidas. Y si yo la dejaba, quedaría aún más encerrada en su ataúd de lo que estaba.

La obra de teatro y Cristina me siguieron dando vueltas en la cabeza por varios días. No conseguía sacudirme la sensación de que había algún mensaje que yo aún no había logrado descifrar. ¿Tendría que ver con la muerte de Cal y el duro reconocimiento final por parte de Freddy de que su hermano lo había estafado después de tantos años de sacrificio por él? ¿Como que no valió la pena morirse en vida por el otro? Exactamente lo que Cristina venía haciendo desde hacía tantos años. Porque esta mujer vivía solamente para trabajar. Viajaba mucho, dormía poco, comía mal, no tenía amigos ni pareja; solamente su familia en California a la cual visitaba cada tres meses. Era por ellos que trabajaba tanto. Para mandar a su hermana menor a la universidad, para comprarle el auto a su hermana mayor y para hacer la remodelación de la casa de sus padres. Y ellos la adoraban y se ocupaban de publicitar su generosidad entre otros miembros de la familia extensa que vivían en otros países y a los cuales Cristina también de una manera u otra ayudaba. De esta forma se iba creando una imagen que a ella misma le costaba dejar caer para dedicarse a su propia vida. Porque, ¿quién era ella sin esa imagen?

Pasé varios días dándole vueltas al asunto. Lo conversé con dos amigas y escribí unas notas al respecto para esclarecer mis ideas. Cada vez me resultaba más obvio que Cristina no tenía noción de que estaba muerta. Seguramente pensaba que la vida era eso. Ese vacío de proyectos personales. Ese estar dirigida exclusivamente por los deseos y necesidades de la familia. Como si la felicidad ajena tuviera el mismo peso que la propia y alcanzara para llenar ese agujero personal.

No podía dejarla seguir así. Era muy joven para aceptar esta muerte, todavía tenía tiempo si se conectaba con la vida.

Decidí invitarla a cenar en lugar de ir al cine o al teatro donde siempre quedábamos excluidas del diálogo y la acción. Aceptó con cierto resquemor como si le estuviera proponiendo una excentricidad. Nos encontramos en King Khao, un restaurante tailandés en el SOHO.

Cristina, siempre vestida con ropa demasiado seria para su

edad, se había puesto un traje gris que la empalidecía aún más que de costumbre. Como tenía el pelo suelto sobre los hombros -en lugar de recogido como era usual en ella- por un momento al verla, me pareció que estaba viva. Hice una nota mental para no olvidarme de decirle que tenía que cambiar de look, que ya no se usaba ese corte de pelo, que otro tipo de ropa la haría mucho más atractiva. Que debía dejar de pintarse de azul los párpados y que sería mejor que eligiera un perfume un poco menos dulce.

Nos sentamos en una mesa del fondo, donde un cortinado de bambú nos daba cierta privacidad y la luz tenue creaba una atmósfera de intimidad muy apropiada para el diálogo que yo planeaba tener con ella.

Ordenamos la comida después de estudiar cuidadosamente el menú y Cristina me preguntó por mi trabajo. La verdad es que llevaba meses diciendo que quería renunciar porque no aguantaba más pero todavía no lo había hecho. Odiaba la industria in-mobiliaria. Siempre trabajando por la noche y los fines de semana, nunca tenía un feriado; realmente no era para mí. Lo sabía desde que había sacado la licencia, pero una vez que tuve la licencia en la mano, no había podido cambiar de rumbo. Así que por los siguientes diez años me quedé en la industria. Pero ya hacía un tiempo largo que había decidido irme; hacer otra cosa que me gustara de veras. El problema era que no terminaba de identificar qué me gustaba.

—Bien -le contesté evitando darle detalles- Está todo bien. ¿Y vos?

—Con mucho trabajo. El martes me voy a Las Vegas por dos días, vuelvo y me voy a Guadalajara por una semana.

—Siempre viajando. Y tu familia, ¿cómo están todos?

–Todos bien por suerte. A mi hermana le está yendo muy bien en la universidad; creo que viene a visitarme el mes que viene.

Me costó cambiar de tema porque entre nosotras, lo más fácil era hablar de nada. Cualquier otra cosa implicaba un esfuerzo para el cual no estábamos entrenadas.

–No comentamos nada de la obra de teatro del otro día – dije por fin cuando ya habíamos terminado de comer y el mozo había dejado el menú de postres en la mesa.

–Me gustó. ¿Y a vos?

–También. Me hizo pensar mucho, ¿a vos no?

–No particularmente. ¿En qué pensaste?

–En vos - me callé un momento para dejar que el concepto la penetrara. Pero no cambió de expresión. Solo me preguntó por qué. - Porque toda tu vida estuviste dedicada a tu familia y no te hiciste tiempo para vos. Y ahora decís que querés casarte y tener hijos pero ¿cuándo? Si seguís viajando y trabajando como loca...

–Ya lo voy a resolver. Fue todo lo que dijo Cristina desviando la mirada como siempre que hablaba.

–¿Cómo? ¿Cuándo? Creo que en realidad no te das cuenta de la situación en la que estás. Fijate que ni siquiera te llegó demasiado la obra cuando, en realidad, trataba exactamente el mismo problema que tenés vos.

Cristina me miró un rato que me pareció larguísimo. De los pocos gestos que tenía en su inventario, uno de ellos era esta sonrisa encantadora que usaba cuando expresaba acuerdo con lo que el otro decía, cuando hablaba de su fin de semana con su familia y cada tanto cuando hacía algún comentario sarcástico.

– Y también es el mismo problema que tenés vos- me dijo.

Me quedé muda. ¿De qué me hablaba Cristina? ¿Ella, la que era incapaz de elaborar un pensamiento profundo? ¿Ella, que estaba ausente de su cuerpo y de su existencia?

–¿Cómo?

–Este es un caso típico. Venís a hablarme a mí de mis problemas y de cómo solucionarlos en lugar de ocuparte de los tuyos. No me decís desde que te conozco que odiás tu trabajo? ¿Y por qué no hacés algo al respecto? ¿Por qué no buscás otro trabajo?

No me hablaba con rabia, ni rencor, ni siquiera con venganza por haberla atacado. Me lo decía con la calma de siempre.

No le contesté; simplemente terminé mi postre y cambié de tema hasta que pagamos la cuenta. Poco después nos despedimos y mientras caminaba hasta el subte volví a pensar en la obra de teatro: ¿en qué me tocaba a mí? A mí que me había pasado los últimos días pensando en la conexión de la obra con Cristina e intentando encontrar una salida para su situación de inmovilidad. ¿Acaso, yo no postergaba también mi vida por atender la de los demás, como Freddy, como Cristina? ¿Por qué escondía mi propia parálisis detrás de la que yo consideraba "la muerte" de Cristina?

Me arrepentí de haberla invitado a cenar; de haberle dedicado tantas horas a sus problemas y de muchas cosas más. Mejor hubiera sido dejarla con su muerte a cuestas, caminando por el mundo sin darse cuenta de lo que se pierde...

LOS LOCOS

Ilustración **Michelle Flaum**

Es verdad que tratándose de Augusto, nunca nada me pareció fuera del rango de lo posible. Pero realmente no entiendo cómo Patricia y él terminaron así. Realmente necesito entender lo que pasó, porque parecían estar tan contentos en Toledo y de pronto esto: Augusto encerrado en un hospital psiquiátrico y Patricia tan deprimida que le sacaron a los chicos. Quiero entender todo esto antes de tomarme un avión para ir a verlo como me pide en su carta –escrita de su puño y letra- y sobre todo antes de ir a ayudar a Beatriz, su mamá, a que recupere a los nietos.

Como no he logrado obtener demasiada información ni del hospital, ni de Patricia, ni de Beatriz decidí usar la llave que Augusto me dio de su casa de Pennsylvania cuando se fueron a España para ver si aquí encuentro lo que busco. Solamente vine dos veces desde que se fueron hace tres años, para buscar cosas que Augusto me había pedido que le mandara. Y por eso sé que Augusto dejó varios cuadernos y tal vez haya ahí alguna pista.

Cada vez que vengo me resulta extraño entrar en la casa vacía de mi amigo. Faltan las voces familiares, el olor típico del asado, el murmullo de la televisión de fondo. Sólo queda un levísimo aroma a troncos quemados en la chimenea del comedor.

Nunca entendí por qué no vendieron o alquilaron la casa antes de emigrar. Tal vez no pudieron irse del todo, como tampoco se fueron del todo de Argentina. Siempre dejando un pie del otro lado, haciendo equilibrio sin sentirse del todo cómodos en ningún país. Tal vez toda esa bronca que siempre tuvieron contra Estados Unidos no era del todo real. O quizá no era contra el país.

Voy directamente a la habitación de Augusto y Patricia donde dejaron un mueble que estaba demasiado deteriorado para llevárselo. Es una especie de biblioteca con cajonera. Sobre los estantes hay algunos adornos de madera viejos y que yo tiraría a la basura. El polvo de tres años de antigüedad forma una gruesa capa blanca que me tienta a escribir con el dedo: "¿qué pasó?"

Abro los cajones de donde recuperé en mi visita anterior las Mafalda, los Patoruzú, y otras revistas de historietas de nuestra infancia que Augusto me había pedido. Eso fue el año pasado y recuerdo que me senté un buen rato a leerlas y a reírme solo, rememorando episodios de nuestra niñez compartida. Porque Augusto y yo nos conocemos desde los diez años: éramos vecinos e inseparables. Pasábamos todas las tardes después de la escuela, juntos en su casa o en la mía haciendo la tarea, jugando con los autitos, tocando en nuestra banda de música, y más tarde viendo películas, filmando nuestros propios videos, haciendo experimentos de química, escuchando a los Bee Gees. Por años nos fuimos de vacaciones al Uruguay, a Brasil, o a Chile; solos o con otros amigos. Ya de adultos, siempre me resultó increíble que Augusto –que desde chico tenía una memoria prodigiosa- cada vez que contaba una anécdota se acordara de algún detalle que yo me había olvidado por completo.

Pero después él se casó y se vino de la Argentina a New York y por muchos años no nos vimos ni nos escribimos hasta cuando yo también me vine para aquí, hace unos diez años y nos re-encontramos y todo volvió a ser como era entonces. O al menos, eso me pareció.

En el segundo cajón encuentro una buena cantidad de revistas, libros y cuadernos; me pregunto por qué Augusto no se llevó esto a España.

Me los llevo al comedor donde hay mejor luz y me siento con ellos en el suelo. Los tres libros son de mecánica; las revistas son todas *Automobile Magazine* y *Popular Mechanic* de por lo menos ocho años atrás. Augusto siempre fue un apasionado por los autos y su gusto literario no me llama la atención. Probablemente lo único que leyó en su vida fue sobre mecánica y autos.

Dos de los cuatro cuadernos son de la época en que tomaba clases de ensayo en New School. Los escritos llenan un cuaderno completo y la mitad del otro. Los dejo a un lado para leerlos cuando termine de revisar los otros dos cuadernos que son rojos y están mejor encuadernados. Abro el primero y me llama la atención el título: "Viñetas de Augusto Cabales". Sonrío: esto es exactamente lo que vine a buscar.

Salteo las primeras páginas en blanco y leo:

"7 de agosto

El dos de agosto nació nuestra hija Trini. Estoy muy contento pero dudo que esto haga que algo cambie en mi vida como todo el mundo piensa. Yo soy así y no hay cómo arreglarme. Con Patricia no le avisamos a nadie para que no nos vengan a romper al hospital. Queríamos estar solos para que ella descanse y para disfrutar de la beba. Cuando volvimos a casa dos días después, les dimos la noticia por teléfono a mamá y a algunos amigos. Como de costumbre mamá empezó a los gritos porque no le habíamos avisado para que viniera al hospital a vernos." Paro de leer y recuerdo que yo sólo supe del nacimiento de Trini una semana después porque me lo contó Beatriz. Siento un poco de bronca al darme cuenta de que otros amigos - ¿quiénes?- se habían enterado antes que yo.

Pero después pienso que desde que conoció a Patricia fue siempre así. A partir de ese momento siempre fui el último en enterarme de las cosas importantes que le pasaban. No me avisó cuando se casó - se casaron en secreto; ni siquiera los padres se enteraron-, ni cuando se vino para Estados Unidos, ni cuando unos años después murió su padre. De todo me enteré después de los hechos. Como si hubiera un antes y un después en nuestra relación, una línea invisible que me mantenía a cierta distancia, aunque ahora, visto con la perspectiva de lo que pasó, me doy cuenta de que esa era la forma de relacionarse que tenía con todos. Abro el otro cuaderno rojo que efectivamente es la continuación del anterior. Lo dejo sobre mi falda y vuelvo al primer diario. Paso la hoja hasta la próxima anotación.

"16 de agosto

"Me peleé con mamá porque me preguntó si habíamos vuelto a llevar a la nena al médico desde que salió del hospital. Pero, ¿qué piensa? ¿Que somos animales? ¿Que por dos semanas no vamos a volver al médico? En realidad está caliente porque todavía no conoce a Trini y como el médico está a tres cuadras de su casa me dijo que si lo fuimos a ver, podríamos haber pasado para que la conociera. Que no tenemos derecho a negarle que vea a su nieta. Que yo no estaría aquí si no fuera por ella. Que ahora que tengo una hija voy a saber el dolor que causan los hijos y que a lo mejor finalmente la entiendo. La verdad es que me interesa tres carajos lo que diga. No hace más que criticarme todo lo que hago. Me odia."

No puedo dejar de sacudir levemente la cabeza mientras leo. Beatriz siempre igual: reclamando y diciendo lo que no debe a su único hijo en lugar de encontrar una manera más positiva de conectarse. ¿Cuántas veces se lo dije?

Me acuerdo de esa pelea porque Beatriz me llamó llorando. Hacía quince días que había nacido su primera nieta y Augusto y Patricia todavía no le habían permitido ir a conocerla. Me preguntó si yo la había visto y le dije que no. Recuerdo que me dolió decirle que no porque era un signo de que ella y yo estábamos en el mismo bote: excomulgados de la vida de Augusto sin razón aparente.

Dejo un instante el diario en el piso y hojeo el cuaderno de ensayos hasta que encuentro uno sobre la situación del país, tema favorito de mi amigo.

"Este país es un imperio que aplasta al resto del mundo bajo la bandera de la libertad y la democracia. Es un país donde solamente prima el sistema, donde el ser humano no vale nada, hecho fácilmente comprobable por la manera en que están organizadas las compañías (sólo basta con llamar por teléfono a cualquiera de ellas para verificar que nunca hay nadie del otro lado), diseñadas las calles, los edificios, los lugares públicos, nunca tomando en cuenta al hombre. El hombre es lo último, a nadie le interesa el hombre..."

Más que un ensayo, esto es una de las tantas descargas contra el sistema norteamericano por las cuales Augusto era famoso. Sus puntos de vista eran siempre diferentes: veía el mundo desde un ángulo único y por eso mismo sus comentarios causaban sorpresa o risa, y muchas veces nos hacían reflexionar. Pero después de un rato, su originalidad perdía vigencia y su monólogo se volvía reiterativo, obsesivo, persecutorio. Todos estaban siempre en contra de él, desde la señora que limpiaba la casa bajo su mirada vigilante, hasta los psiquiatras que se rehusaban a atenderlo, pasando por el mecánico de su Mercedes Benz, - al cual le había dedicado un ensayo- y por supuesto su madre. No confiaba en nadie, *todos lo querían cagar*, según sus propias palabras. "Si te encuentran caído en la calle, nadie se acerca a levantarte porque tienen miedo de que les hagas juicio," me dijo más de una vez.

Olvido decir que Augusto no trabajaba. En realidad desde que la conoció a Patricia nunca trabajó; siempre vivió de ella. Actuaba como si el dinero no fuera un problema para él y lo gastaba en restaurantes elegantes y en comprar ropa de marca y relojes caros. Patricia nunca lo hacía sentir que ella era la que ganaba el dinero que él tan libremente gastaba. Es más, para tenerlo contento, llegó hasta el punto de darle la noticia de que esperaba un bebé junto con las llaves del Mercedes Benz que le había comprado. Fue evidente desde el primer momento que la felicidad que le produjo el auto nuevo superó ampliamente la otra noticia. El día que los fui a ver para conocer a Trini, Augusto me llevó a dar una vuelta en el auto antes de que pudiera ver a la beba a la que Patricia estaba terminando de vestir. Pero a Patricia no pareció molestarle en lo más mínimo este orden de prioridades.

Vuelvo a tomar el cuaderno de ensayos, paso unas páginas y leo uno sobre un viaje que hicieron a California donde Augusto habla de su mujer.

"Patricia tiene pelo oscuro y a su manera es muy sexy. Es bastante alta y tiene brazos flacos y largos. Su cara es alargada y tiene una nariz perfecta. Si bien es argentina como yo, estoy convencido de que debe tener algún antepasado alemán por su perseverancia, su determinación, y sobre todo por su gran paciencia conmigo. Tiene una enorme facilidad para hacer cosas que yo considero imposibles. A lo mejor ella no me creería si se enterara de que es mi ídolo." No me llama la atención que lo que más le atrajera a Augusto de Patricia fuera su paciencia. Gracias a eso soportó las depresiones de su esposo, sus constantes altibajos emocionales -por lo menos hasta hace poco-, mientras trabajaba largas horas para que nunca les faltara nada. Mi pregunta siempre fue por qué ella aceptaba este arreglo. Qué le aportaba Augusto a ella. Y quizá nunca me di cuenta hasta ahora de que ella estaba igual de necesitada que él.

Retomo el diario personal y me detengo en esta fecha:

"10 de diciembre

Voy a escribir sobre un día típico de mi vida. Me levanto temprano para prepararle el café a Patricia mientras se baña. Espero hasta que se vaya a trabajar para ir al baño tranquilo mientras Trini sigue durmiendo. Después me ducho y me afeito. Más o menos ahí se despierta la beba y le doy la mamadera y la pongo en la hamaca donde se queda tranquila un buen rato. Aprovecho para entrar en Internet a leer los diarios de Argentina más o menos hasta el mediodía. Le doy otra mamadera a Trini y si no hace mucho frío, me la llevo a dar una vuelta en el cochecito antes de acostarla a dormir la siesta. Yo aprovecho mientras duerme para llamar a mis amigos porque desde que nos mudamos a Pennsylvania vamos poco a New York y no los veo tan seguido. Y así cuando hablo con Fabián, con Enrique o con Beto es como si me vinieran a visitar y me siento menos solo. Les cuento de mi vida aquí en Pennsylvania, y hablamos de autos, de la situación económica del país o de cualquier otra cosa que se me ocurra. Cuando se levanta la beba le doy otra mamadera y me quedo jugando con ella en el piso. Me gusta mirarla e imaginarme lo que piensa de mí y del mundo que la rodea. Seguramente piensa que estamos todos locos. Ah, me olvidé de decir que varias veces al día le cambio los pañales; estoy hecho un experto. A eso de las cinco y media empiezo a preparar la cena así cuando llega Patricia (a eso de las seis y media o siete) podemos charlar tranquilos (Hoy por ejemplo hice milanesas con puré de papas). Después ella juega con Trini mientras yo miro televisión; a veces vamos los tres al supermercado a comprar cosas que nos faltan porque yo solo con la beba todavía no me animo. En general cenamos tipo diez de la noche."

Muchas veces me había imaginado que así eran sus días pero nunca se lo había preguntado en forma específica porque no quería ofenderlo. ¿Cómo podía vivir así? ¿Cómo Patricia no lo empujaba a salir a trabajar? Lógicamente, a ella le debía gustar llevar los pantalones en la casa, pero tener a un hombre así tiene sus consecuencias, como en efecto se ha demostrado con su último acto de locura.

Entonces pienso que Augusto, ahora está en un hospital psiquiátrico, en el que no lo dejan hablar por teléfono. Que está aislado, sin Internet, sin sus hijos, sin Patricia. ¿Cómo se mantendrá entero? ¿O es que ya estará quebrado?

Pienso en Beatriz con la que hablo día por medio porque está desesperada por la situación de Augusto y los chicos y no sabe muy bien qué hacer. Hace tiempo que su situación no es fácil.

Cuando Beatriz se enteró de que –de la noche a la mañana- Augusto y Patricia habían decidido mudarse a España, me dijo que se iba a suicidar. Los había seguido hasta New York desde Buenos Aires y ahora se iban. Ella no quería quedarse sola acá, no tenía sentido. No podía concebir vivir y morir en un país donde nadie visitaría su tumba. Así que los siguió a España aun cuando Augusto le había pedido encarecidamente que no lo hiciera porque no quería verla. Como era de esperarse, cuando Beatriz llegó a Toledo y empezó a llamarlo, Augusto no le contestó el teléfono. Entonces empezó a llamarme a mí pidiéndome que intercediera. No concebía una vida sin su hijo y su nieta. Y si bien por momentos sentía como que estaban muertos, como que no tenía familia, el resto del tiempo se rehusaba a aceptar semejante rechazo. Se olvidaba de lo mal que se llevaban, del constante maltrato de Augusto y de sus propias agresiones contra él. Se olvidaba de lo poco que lo toleraba cuando se veían. De cómo le chocaba que no trabajara, que cumpliera el rol de ama de casa, cada vez más descuidado en su aspecto físico. De cómo le molestaba ver que Patricia favorecía que él se mantuviera en esa posición improductiva, en ese encierro, en esa muerte en vida.

Beatriz se había gastado los últimos dólares en el viaje a España y no tenía visa para regresar a Estados Unidos pero desde que estaba allá no soportaba vivir en la misma ciudad que su hijo y no verlo. Me decía que si no podía verlo, prefería volverse a New York y estar a miles de millas de distancia.

–Es tarde para eso, Beatriz. Ya estás allá. Ahora tratá de armar tu vida –le decía yo- Buscate alguna actividad para hacer, ¿no tenías amigos en Toledo?

–¿Por qué no quiere verme? ¿Por qué no puedo ver a mis nietos? ¿Qué derecho tiene?

Así eran nuestras conversaciones. Siempre sobre Augusto. Para mí era difícil contestarle. No podía darle como respuesta lo que Augusto mismo le decía en la cara: que ella lo había ignorado cruelmente de chico, que le había pegado y que aún hoy en día lo maltrataba con sus críticas constantes. Si bien nunca presencié ningún abuso de parte de Beatriz cuando Augusto era chico, desde que me reencontré con ellos, de adulto, muchas veces la escuché hacerle comentarios crueles e innecesarios. Incluso, en muchas ocasiones Beatriz usó palabras mías para reforzar su propia posición frente al hijo, como si tenerme de aliado garantizara que iba a ganar la pelea del momento. Y Augusto hacía lo mismo.

–¿Vos le dijiste a mamá que no me creés cuando te cuento que ella me torturaba de chico?- me enfrentó Augusto alguna vez.

Jamás le dije a Beatriz que no le creía a Augusto, pero por momentos lo pensé. Porque si bien Beatriz no es la persona más normal que conozco nunca la vi violentarse con su hijo.

–¿Es verdad que te pusiste furioso cuando Augusto te contó que yo le ofrecí la vajilla de su abuela?- me espetó Beatriz una noche que fui a cenar a su casa. Y la verdad es que Augusto y yo no habíamos ni hablado de ese tema, pero de cualquier forma ¿por qué me podría caer mal que le diera a su hijo parte de su herencia? Augusto me usaba para expresar su propio enojo frente a una oferta muy tardía. Hacía años que le había pedido a su mamá la porcelana de su abuela y que Beatriz por alguna razón no se la daba.

Me resultaba difícil saber quién de los dos me mentía, y no siempre me quedaba clara la razón que tenían para mentirme y me pregunto, ahora, por qué yo aceptaba ser el árbitro entre madre e hijo.

"2 de enero

Pasamos Año Nuevo solos como de costumbre. Nadie quiso venir a casa porque les parecía muy lejos. Mandé a Analía y a su novio a la mierda porque prefirieron ir a cenar a *Spice* en lugar de pasar la noche con nosotros. A Fabián también lo mandé a la mierda porque solamente aparece cuando necesita algo. Bien que cuando no tenía a dónde vivir porque le estaban arreglando el departamento se quedó acá por una semana y no le molestó para nada la distancia. Y a Claudio y su novio que hacían una fiesta en su casa y ni siquiera nos invitaron, también los mandé a cagar.

Igual, Patricia y yo lo pasamos bien solos con la beba. Preparamos un pollo que salió muy rico y comimos frente a la chimenea."

Me acuerdo de ese Año Nuevo porque fue el primero que iban a pasar con Trini y yo les había dejado varios mensajes para que lo pasáramos juntos pero nunca me contestaron. Pensé que se habrían ido de viaje a Argentina e hice otros planes. ¿Por qué no me llamaron si estaban tan desesperados por estar con gente? ¿Y por qué nunca me nombra en estas páginas? ¿A dónde iban a parar las horas de conversaciones telefónicas que teníamos? ¿Las miles de veces que me interrumpía en la oficina, o cuando estaba con amigos o cuando estaba durmiendo, para que escuchara sus conflictos con el mundo? Sus interminables observaciones algunas muy acertadas y divertidas, otras absurdas, todas desde la perspectiva que da la distancia con la realidad. Nunca fundamentadas por experiencias reales. Como si viviera mirando una película y creyera que las figuras planas de la pantalla eran personas reales que interactuaban frente a él. Algo así era la deformación de su lente; tomaba –demasiado a menudo- la salsa de tomate por sangre.

Y por eso para Augusto un simple episodio que ni siquiera hubiera aparecido en mi radar (ni en el de la mayoría de los mortales) se convertía en un drama inmanejable, en el epicentro de su vida y de su lucha por sobrevivir en un medio ambiente sumamente adverso. Quizá esto fuera el resultado de pasar tantas horas acompañado sólo por sus propias elucubraciones, encerrado y aislado en su cabeza sin poder vivir en el mundo real.

Recuerdo un sábado en que no pude atender su llamado porque mi jefe había venido a mi casa a cenar. Me llamó tres veces esa noche y cuando por tercera vez le repetí que lo llamaba más tarde, me contestó furioso:

–No, no me llames más. Esto no se le hace a un amigo- y me cortó. No me llamó por uń mes y yo, después de llamarlo un par de veces, desistí. Era una reacción típica de él: enojarse, desaparecer por un tiempo y reaparecer sin hacer referencia a su desaparición. A veces hasta se enojaba sin que yo me enterara del motivo. Creo que eso fue lo que pasó cuando se vino a New York: por alguna razón se enojó conmigo y no me escribió más hasta que yo me mudé para acá varios años después.

Retomo el diario y paso una por una las hojas buscando mi nombre, pero no lo encuentro. ¿Qué quiere decir esto? ¿Que mis tantas visitas de los sábados - que se extendían hasta la madrugada del domingo porque Augusto no me dejaba ir- no existieron en su memoria? ¿Que no las registraba, que no eran importantes?

Paso las hojas cada vez más enojado. Llego al final del primer diario y agarro el segundo. Antes de leer, me paro y corro las cortinas porque se está yendo la luz y en la casa no hay electricidad.

"10 de mayo

Patricia está embarazada otra vez. Estamos muy contentos. Me gusta esto de ser padre porque de alguna manera me puedo resarcir de los padres que tuve. Papá que solamente me mostraba las cosas horribles de la vida -como cuando me llevó de madrugada por la Panamericana a ver los travestis o al matadero para ver cómo degollaban las vacas que yo comía- y que finalmente me abandonó cuando se separó de mamá. Y de mamá mejor ni hablar. Las cosas que me hizo no tienen nombre. Desde dejarme en casa sin comida mientras ella salía con sus amigos; no comprarme los útiles de la escuela; gritarme a cada rato que era un inútil y un maricón hasta pegarme por cualquier cosa. Yo nunca le grité a Trini, y voy a tratar de no gritarle nunca. Ojalá que el próximo bebé sea un varón."

Y lo fue, pienso leyendo las últimas palabras: Claudio, que

ahora tiene seis años. ¡Trini tiene casi ocho! Y pensar que todas estas buenas intenciones quedaron en la nada. Augusto en el psiquiátrico y Patricia perdida en su depresión. Tan segura, tan sólida y fuerte que era se desmoronó con la desaparición de Augusto. A tal punto que ni por sus hijos se pudo mantener entera.

Me estiro un poco; me duele la espalda de estar apoyado contra la pared. Me paro y camino por el comedor, este cuarto en el que cenamos tantas veces. Todavía lo oigo a Augusto reírse de sus propios chistes. Recuerdo el video donde él maniobraba el camión de la mudanza con el que trajeron sus muebles de New York para Pennsylvania. Veinte minutos de filmación: él frente al manubrio hablando a la cámara sobre las dificultades de manejar un camión. Y yo -muerto de aburrimiento y de incredulidad frente a semejante demostración de ineptitud- sin decir una palabra.

Pero no puedo perder tiempo; me gustaría encontrar en estos escritos algo que me dejara en claro lo que ocurrió. Y aunque no sé muy bien qué podría llegar a decir Augusto, aquí, que me ayude a entender mejor los hechos, tengo el presentimiento de que cuando lo encuentre me voy a dar cuenta. Me siento otra vez y agarro el cuaderno de ensayos. También ahí busco mi nombre pero no lo encuentro. Cada escrito está dedicado a alguien –algunos no sé ni quiénes son-, pero ninguno está dedicado a mí. Me duele esta realidad, esto que parece haber sido un gran desequilibrio en nuestra relación. Augusto siempre buscando mi consejo, usándome para descargar sus diatribas contra la sociedad, el capitalismo, los vecinos, el mecánico, sus amigos españoles, sus amigos de New York, sus amigos de Buenos Aires, su madre, su padre muerto y yo siempre callado, escuchándolo, dándole ánimo para seguir adelante en esta vida inútil que llevaba y nunca hablándole de mí. Porque en realidad si alguna vez me preguntaba algo, enseguida me interrumpía, me salía con alguna asociación libre y pasábamos sin solución de continuidad a hablar de él. Y de todo esto no hay registro en sus diarios. Una relación tan cercana y ni siquiera una dedicatoria...

Sí, es como si yo no existiera para él.

Hago a un lado el cuaderno de ensayos y hojeo los libros de mecánica mientras mil ideas me dan vuelta en la cabeza. Pienso que mi relación con él fue una ficción y me pregunto ¿para qué quiere que lo vaya a ver al hospital? ¿Para agobiarme con sus historias y descartar mi visita apenas yo me haya ido? ¿Era ésta su manera de volverme invisible, su manera de vengarse porque yo había logrado existir en el mundo real? ¿No registrar mi nombre en ningún lado para que nadie creyera que yo había estado en su vida, o que había existido?

De pronto se cae un papel al suelo. Es un recorte del *New York Times* fechado hace tres años.

"Adolescente acusada de simular su propio secuestro" Leo el artículo con el corazón en la boca. Era un recuento del caso de Lindsey Heart, una chica de diecinueve años que había desaparecido un día de su casa y que le hizo creer al mundo que la habían secuestrado. Los padres, la policía y la comunidad de Grand Rapids en Michigan se habían vuelto locos tratando de encontrarla, temiendo lo peor. En efecto, Lindsey había aparecido tres semanas después contando historias que hicieron sospechar a la policía que el secuestro había sido un invento de ella. La investigación había continuado hasta que se confirmó que efectivamente, Lindsey había tramado todo el episodio y que nunca la habían secuestrado. El periodista especulaba sobre las razones de una

chica de diecinueve años para hacer semejante barbaridad. Un desesperado gesto para llamar la atención, la presión de los padres para que fuera a una universidad de primera línea, la enorme responsabilidad de ser independiente, una depresión no diagnosticada...

Es obvio que este artículo fue la inspiración de Augusto para el episodio que terminó metiéndolo en el psiquiátrico. Me pregunto si él también se sentía tan apabullado que no encontró otra manera para pedir ayuda más que auto secuestrarse. O si era otra manera más de huir como venía haciendo desde que se fue de Argentina. O si no pudo tolerar que sus hijos crecieran y lo enfrentaran en algún momento con su improductividad, con su parálisis. Porque una cosa era que Patricia supiera la verdad y otra que la supieran sus hijos.

Me pregunto cómo Patricia no se dio cuenta de que todo era una actuación: que la felicidad de estar en España era sólo aparente. Que en el fondo había algo mucho más profundo que lo estaba carcomiendo a Augusto. Evidentemente, ella no estaba tan cuerda como todos pensábamos y también lo suyo había sido una actuación.

Cuando Augusto desapareció hace un año, Patricia me llamó desesperada pensando que quizá él se había contactado conmigo. Incluso pensó que Augusto podría haberse vuelto a la casa de Pennsylvania. Yo no sabía qué pensar, me quedé helado con la noticia y me sentía impotente estando tan lejos, pero en ese momento no podía dejar la oficina y por otra parte no había nada que yo pudiera hacer y que Patricia ya no estuviera haciendo.

Dos días después me llamó Beatriz con un ataque de histeria:

–Desapareció. Patricia no sabe dónde está. Hace tres días que no vuelve a la casa. ¿Y si le pasó algo? Ay Dios mío, yo me muero.

–¿La viste a Patricia?- le pregunté.

–No. No quiere que vaya a la casa porque dice que es mi culpa que Augusto esté tan mal. Que él me pidió que no viniera a España y que yo vine igual. Que le hago mucho mal y que no quiere que los llame más.

No supe qué decirle, pero su relación con Patricia fue siempre difícil, tanto que en una época, Patricia la había echado de su casa porque Beatriz no quiso regarle las plantas cuando ellos se fueron de vacaciones, y se dijeron cosas horrorosas, de esas que no se pueden revertir.

Cuando recibió la primera nota de los supuestos secuestradores, Patricia movilizó a la policía y dieron vuelta medio país siguiendo pistas que siempre resultaban falsas. Hasta que un día, después de un mes de desaparecido, Augusto reapareció. Me pregunto ahora si su intención no habría sido desaparecer para siempre y por alguna razón se le frustró el plan. Quizás no soportó vivir sin Patricia.

Todo lo supe por los diarios. El juicio fue un gran evento en Toledo que el diario local cubrió con lujo de detalles. Augusto fue recluido en un neuropsiquiátrico por cinco años y Patricia, que había aguantado –gracias a la gran paciencia alemana que le atribuía Augusto- durante todo el mes que duró la desaparición sin desarmarse, entró en una depresión profunda cuando se lo llevaron. Aparentemente, ni siquiera estaba enojada con él y si el juez lo hubiera perdonado, ella lo habría recibido con los brazos abiertos, como a un chico que hizo una travesura.

Pero cuando se le hizo carne que su vida con Augusto se había terminado, toda su fortaleza se desmoronó. Entonces quedó a la vista su propio desequilibrio que probablemente había estado encubierto por el de Augusto.

Buscó ayuda profesional para su crisis depresiva y sé que la medicaron, pero nada le alcanzó para retomar sus funciones de madre y mucho menos para continuar trabajando. Cuando el juez le preguntó por algún pariente que pudiera hacerse cargo de los chicos por un tiempo, Patricia dijo que no tenían ningún pariente vivo. La agencia de bienestar social se hizo cargo de los chicos y los está tratando de ubicar con una familia que los cuide temporalmente. Hasta ahora, Beatriz no ha podido hacer nada por recuperarlos ni por ver a Augusto y mucho menos a Patricia. Por eso, tiene tan poca información como yo.

Guardo el recorte dentro del diario personal de Augusto. Todo esto me ayuda a entender un poco más lo que pasó pero a la vez me agudiza varios interrogantes. ¿Quién es realmente Augusto? ¿Quién soy yo para él? ¿Qué significó nuestra relación para él? ¿Por qué quiere que vaya a verlo?

Me llevo una bolsa con todos los libros, revistas y cuadernos para revisarlos en casa con más tranquilidad. Es casi de noche y apenas veo por dónde camino pero me las arreglo para salir y cerrar con llave.

No creo que vuelva; algo se quebró adentro de mí. Esta sensación de ser invisible para mi amigo me dejó vacío. Como si yo me hubiera imaginado nuestras charlas, nuestras salidas, mis visitas, sus teorías conspiratorias. Como si yo las hubiera inventado y por eso, él, no hubiera tenido necesidad de comentarlas en sus cuadernos. O como si yo no existiera en la realidad.

Antes de seguir cuestionando mi existencia me subo al auto y me alejo de la casa. En camino a mi departamento en Manhattan pienso en Beatriz y en mi promesa de viajar para ayudarla a recuperar a los chicos. De repente no me parece tan buena idea. No importa cuánto de verdad y cuánto de fantasía haya en las historias de Augusto, lo cierto es que alguna ecuación falló y que es muy probable que algo tenga que ver Beatriz con eso. Me es difícil definir qué, y tampoco creo que importe. Pero la realidad es que no sé si Claudio y Trini van a estar mejor con ella que con una familia de extraños hasta que los pueda recuperar Patricia.

Cuando llego a casa dejo la bolsa de libros en la cocina y me voy derecho a la cama sin comer nada. Estoy agotado y me quedo dormido sin desvestirme, como si me hubieran dado un garrotazo por la cabeza. Me despierto muy temprano con la convicción de que debo viajar a ver a Augusto. A ver si me reconoce, si sabe de mi existencia o si realmente soy una ficción en su vida o mejor dicho, quizás, él en la mía.

Esta misma noche salgo para Toledo vía Madrid. No le digo nada a Beatriz porque aún no decidí qué hacer con ella. Por ahora sólo tengo claro que quiero que ver a Augusto.

No me gustan los hospitales y menos los psiquiátricos, pero éste no está tan mal. Es bastante pequeño y a lo mejor por eso mismo es que no resulta tan amenazante. Tampoco tiene el olor típico de los hospitales y no hay nadie gritando. Espero un buen rato hasta que lo traen a Augusto.

Lo encuentro perfectamente lúcido, mucho mejor que en sus mejores épocas. Hablamos primero de su estadía aquí, la comida, la atención, los otros pacientes y en términos generales me parece que está conforme. Nunca lo había visto tan en paz como ahora.

Por un momento pienso que lo tienen sedado, pero no tiene las pupilas dilatadas y habla con perfecta coherencia y con sentido común.

Después me explica lo del secuestro: se autosecuestró para volverse real. Para sentir que lo buscaban, que se preocupaban por su desaparición y eso le probara que él era importante y que por lo tanto existía en el mundo real. Me dice que desde el día que volvió a su casa sintió como un renacimiento, como si se le hubiera hecho la luz.

—Te juro que hubiera podido empezar una vida nueva. Salir a trabajar, hacer algo de mí- me dijo.

Pero claro, ya era tarde. Por bastante tiempo, su nueva vida iba a transcurrir entre estas cuatro paredes. Lo extraño es que parece aceptar su destino sin protestar –lo contrario de lo que hizo siempre- como si este destino lo hubiera elegido él.

—¿Y yo?- le pregunté por fin.

—¿Vos? ¿Vos qué?

—¿Yo quién soy? Estuve en tu casa y encontré todos tus cuadernos. Tus diarios y tus ensayos. No aparezco en ningún lado. Me podés explicar ¿quién soy yo para vos?

—¿Qué importa quién seas para mí? Lo que importa es quién sos para vos.

No pude contestar nada; mi cerebro se detuvo de pronto como si se hubiera puesto en punto muerto a esperar que cambie la luz en el semáforo. Sólo que la luz no cambia de rojo a verde y yo sigo aquí parado frente a Augusto viéndolo, pero sin verlo.

—¿Estás bien? – de pronto escucho que me pregunta.

–Sí, un poco cansado.

Me recomienda que me vaya al hotel a dormir porque me debe estar afectando la diferencia horaria. Le hago caso y me voy caminando despacio hasta la salida. Me doy vuelta y veo que Augusto está jugando al ajedrez con otro paciente como si yo no acabara de dejarlo, como si yo no hubiera viajado de New York a verlo por pedido suyo.

Ya en el hotel decido llamar a Beatriz. Sería difícil explicarle que estuve en Toledo y ni siquiera la llamé. Le cuento cómo lo encontré a Augusto y se pone contenta de que esté mejor pero triste de que por los próximos cinco años estará encerrado en esa institución.

–No quiere que lo vaya a ver. Me dijo que para él estoy muerta- me dice acongojada.

–Es así Beatriz, siempre fue igual. ¿Qué decidiste hacer? ¿Te quedás acá o te volvés a Buenos Aires?

–¿Cómo me voy a ir y dejar que se lleven a mis nietos a casa de extraños?

–Estuve pensando- le digo mientras voy formando la idea en mi cabeza- ¿qué pasaría si yo hablo con Patricia para que me autorice a llevarme a los chicos a New York? ¿Me los darán a mí?

Y me sorprendo a mí mismo con esta propuesta que no había pensado hasta este mismo minuto. Pero de pronto se me ocurre que dadas las circunstancias, a los chicos les haría bien estar un tiempo con alguien más sano. Beatriz también se sorprende; ella es la primera que quiere quedarse con sus nietos y en realidad tiene mucho más derecho que yo. Pero Patricia dijo que no tenían parientes vivos y si le preguntan a Augusto, él va a corroborar su declaración, y aunque Beatriz pruebe que es la abuela, es difícil que se los entreguen en contra de la voluntad de los dos padres.

–No es mala idea. Pero si te los llevás no los voy a ver más, porque yo no puedo volver a Estados Unidos.

–Acá no los vas a ver más- le contesto con voz suave, como para aliviar el golpe, en cambio yo, cada tanto te los puedo traer.

Invierto el tiempo que me queda en Toledo, para hablar con Patricia y con el abogado y conseguir que me ayuden firmando los papeles necesarios para sacar a los chicos de las manos de la agencia de bienestar social que se hizo cargo de ellos. ¡Están tan grandes! Claudio casi no se acuerda de mí porque tenía tres años cuando se fueron de Estados Unidos, pero Trini se acuerda perfectamente. Se los ve muy decaídos y lo primero que hago es llevarlos a ver a Beatriz porque sé que es probable que no vuelvan a verla por un buen tiempo.

Después los llevo a ver a Patricia a cuyos brazos se lanzan felices. Ella, tratando de mantenerse lo más entera posible, les dice que van a venir a New York conmigo a pasar una temporada mientras mamá y papá se curan. Los chicos –como se da en muchos casos- no parecen hijos de esta pareja de desequilibrados. Son muy serenos –tal vez demasiado- y escuchan lo que Patricia les dice con una entereza que nos falta a muchos adultos. Me resulta extraño ver cómo aceptan la decisión de su madre sin protestar, y haciéndole demostraciones de cariño en lugar de reaccionar con violencia como hubieran hecho la mayoría de los chicos que conozco. Es como si entendieran –mejor que ella misma- que su mamá no está en condiciones de ocuparse de ellos.

Juntos guardamos sus juguetes, su ropa y sus libros en cuatro valijas enormes y dos días después estamos los tres en vuelo a New York.

En el vuelo no puedo dejar de pensar en lo que me dijo Augusto, lo más profundo que le oí decirme desde que lo conozco. Es como si la prisión física lo hubiera liberado mentalmente y hubiese podido despegarse de sí mismo y verme. Y también siento que gracias a él, mi vida va a cambiar radicalmente porque para estos chicos, la única persona segura que existe en este momento, en el mundo, soy yo. Y no les puedo fallar.

LA PASAJERA

Como todos los años, el dieciséis de Octubre la encontraba en el aeropuerto. La chica del mostrador le tomó el pasaporte y el boleto y comprobó que estuviera todo en orden antes de despacharle las dos valijas.

Su mejor amiga, Sue Ellen, le había pedido que por una vez festejara su cumpleaños en Nueva York con ella y sus amigos, pero Sabrina se había negado rotundamente. Llevaba veinte años viajando a Buenos Aires para celebrar en compañía de su familia y sus amigos de la infancia y no pensaba romper con esa tradición. Además, Sue Ellen no tenía ni idea de lo que le estaba pidiendo.

Sabrina vivía sola con sus dos gatos en un pequeño departamento en el prestigioso Upper West Side de Manhattan; lo había comprado quince años atrás y se sentía tan a gusto en su barrio que nunca había pensado en mudarse a uno más grande en otra zona, aun cuando la propiedad se había revalorizado de tal manera que podría haber hecho una fortuna vendiéndolo.

Disfrutaba los paseos por el Parque Central que quedaba justo enfrente de su edificio y el sinnúmero de restaurantes y negocios que parecían multiplicarse día a día a pocas cuadras en las avenidas Ámsterdam y Colombus.

De mañana, Sabrina tomaba cursos de actuación en el Actor's Studio y de tarde trabajaba para una agencia que ofrecía dramaterapia para chicos con problemas emocionales y de conducta. Le pagaban bien y de alguna manera estaba haciendo lo que le gustaba, si bien no era precisamente actuar en el sentido profesional. Pero por otra parte, con su grupo de teatro estaban a punto de estrenar una obra en un pequeño auditorio del Village. Y aunque en realidad los actores habían aportado dinero y tiempo para montar la obra, por lo menos la estrenarían y con un poco de suerte recuperarían la inversión y se les abrirían, quizás, las puertas para hacer algo mejor remunerado.

Como si estas actividades no fueran suficientes, tres noches por semana Sabrina trabajaba de mesera en un café donde tocaban bandas de música que aspiraban a ser los próximos favoritos del ranking.

Tenía cuarenta y cinco años, pero todo el que la conocía pensaba que tenía veinticinco. Una piel tersa, sin arrugas; ojos azules que brillaban con intensidad juvenil; un pelo negrísimo sin una cana. Aparte tenía un cuerpo menudo, donde la fuerza de la gravedad no había hecho todavía ningún estrago. Por eso estaba siempre rodeada de gente mucho más joven que ella: hombres y mujeres que podrían ser sus hijos pero para los cuales Sabrina era una más del grupo. Con los hombres más que nada tenía un éxito envidiable. Al punto que no se había casado porque al haber estado siempre muy bien acompañada, no había tenido el deseo de "atarse" a una sola persona. Le fascinaba ser el centro de atracción en todos lados. Y tal vez por su aspecto un tanto exótico, o por su sonrisa amplia, o por su personalidad chispeante, siempre lo era.

Pero nada importaba tanto en su vida como embarcarse para Buenos Aires el dieciséis de octubre para estar en su país natal el diecisiete y celebrar con una gran fiesta su cumpleaños. Lo había hecho de manera consistente desde que había emigrado. El primer año había sido una casualidad. Tenía que buscar su visa de trabajo y había arreglado para hacerlo la semana del diecisiete de octubre. Pero a partir de ahí, resolvió que era lo mejor: hacer coincidir su viaje anual con su cumpleaños, de esa manera no extrañaría a su familia en esa fecha tan especial. ¡Además, Buenos Aires era tan hermosa en primavera! Las calles rebosantes de árboles en flor, el perfume de los paraísos extendiéndose por toda la ciudad como una manta protectora, la gente sonriendo, las mujeres mostrando sus esbeltos cuerpos que ya empezaban a exponer al sol cada minuto libre que tenían.

Paraba siempre en un hotel de Zona Norte. No era de los más caros pero tenía todas las comodidades que Sabrina necesitaba y más que nada estaba muy bien ubicado para hacer compras, una de las actividades que más disfrutaba en sus viajes.

De costumbre Carolina, su hermana mayor, la buscaba en el aeropuerto y la llevaba al hotel donde almorzaban juntas y compartían miles de historias y chimentos. En este primer encuentro, Sabrina siempre observaba cuidadosamente cuánto había envejecido su hermana. Contaba las arrugas alrededor de los ojos y la comisura de los labios, el ceño fruncido que no se distendía, las incipientes canas no teñidas. Y se preguntaba cuánto habría envejecido ella para la otra. Esas cosas que no se dicen pero que se capturan en un instante en una mirada fija, o en un gesto suspendido del otro.

Apenas se fue Carolina, Sabrina subió a su cuarto, entró al baño y prendió la luz fluorescente para mirarse al espejo. Allí se encontró – como en cada uno de sus viajes anteriores- con su "ser argentino" y se vio por primera vez la cara de cuarenta y cinco años.

Porque Sabrina solamente cumplía años en Buenos Aires. Solamente envejecía para su familia y sus amigos de la infancia. Para sus amigos y conocidos de Nueva York, seguía teniendo veinticinco por más que no se pudieran explicar cómo era posible que a pesar de que pasaran los años, siempre luciera igual.

Por eso no era fácil verse envejecer como de a golpes, una vez por año sin la progresión propia del paso del tiempo que da la posibilidad de irse aceptando o resignando a lo inevitable. Pero aunque el golpe inicial en Buenos Aires era siempre duro, y a pesar del rechazo que sentía hacia esas marcas de los años, Sabrina prefería mantener su cara fresca y lozana en Nueva York antes de verse envejecer día a día. Buscaba mantener la ilusión de que el tiempo no pasaba para ella en Nueva York, de que siempre tendría tiempo para hacer lo que quisiera. Que todavía era joven para iniciar su carrera de actriz. Que aún podía seguir atendiendo mesas en el café hasta pasada la medianoche.

La fiesta era siempre la noche del diecisiete de octubre. Este año la hicieron en un restaurante de Palermo SOHO. Un lugar de moda con una decoración muy minimalista que a Sabrina le encantó. La llevaron de sorpresa porque generalmente la celebración se hacía en la casa de Patricia, su hermana menor; pero éste era un cumpleaños especial. No se cumplen cuarenta y cinco todos los días.

Fueron todos. Sus hermanas y sus familias, ¡siete sobrinos en total! Sus padres, sus tíos, sus primos… Y como siempre Sabrina sintió la falta de sus abuelos maternos a los que tanto extrañaba y que habían muerto hacía cinco años. Ella no había podido estar en el entierro. Como tampoco había podido estar en el casamiento de Patricia, ni en los nacimientos de ninguno de sus sobrinos, ni en los cumpleaños importantes de sus padres… Todos estos eventos le pasaban como de lejos y de alguna manera la ubicaban como mera espectadora.

Se quedaron en el restaurante hasta las dos de la mañana tomando café, charlando y riendo de viejas anécdotas. Esas que se repiten de reunión en reunión pero que siempre causan gracia y funcionan como punto de unión de la familia. Le preguntaron mucho por su obra de teatro: ¿Ya había estrenado? ¿De qué se trataba? ¿Iba a actuar en Broadway? Y ella inventando un poco y merodeando la verdad, extendió una cortina de humo y misterio alrededor suyo, una vez más, como en cada viaje.

Era lo menos que podía hacer. Bastante difícil le resultaba enfrentar a su familia año tras año con pocos cambios reales de los cuales dar cuenta. No se había casado, no había tenido hijos, no había terminado de lanzar su carrera… Mientras sus hermanas se multiplicaban y tenían profesiones estables - una era dentista y la otra ingeniera-, mientras sus sobrinos crecían y se preparaban para la universidad, ella seguía contando los mismos cuentos sobre su grupo de teatro y sus clases en el Actor's Studio, sobre el café y las nuevas bandas musicales y sentía que en algo había que mentir.

Como en cada viaje no pasó ni un minuto sola. Su agenda estaba llena desde temprano a la mañana, cuando aprovechaba para ir al gimnasio con su amiga Marcela, hasta bien entrada la noche. Desde el mismo día de su llegada, tenía programados desayunos, almuerzos y cenas con amigos y familiares y montones de cafés entre comida y comida con otros tantos amigos y familiares. Entre una cita y otra, aprovechaba para hacer compras, ver exposiciones, y alguna obra de teatro. Era un calendario de locos pero tenía tantas cosas que hacer en una semana, y tanta gente para ver...

El viaje de regreso resultó eterno. Chicos llorando, mucha turbulencia, los pasajeros inquietos que deambulaban por los estrechos pasillos golpeando a los que trataban de dormir. Flanqueada por dos hombres y sin posibilidades de estirarse en su asiento, Sabrina pasó la noche en vela pensando y repensando cada conversación, cada cara, cada perfume, cada comida como tratando de grabárselos, sabiendo que en poco tiempo pasarían a mezclarse con conversaciones y caras y perfumes y comidas de otros viajes, sin que se pudieran distinguir, hasta formar una masa única de memorias amalgamadas.

Cuando llegó a su departamento estaba exhausta sin ganas de hacer otra cosa más que dormir. O tal vez, de llorar un poco por el mismo agotamiento.

A las cuatro de la tarde la despertó Sue Ellen en el teléfono para invitarla a salir a cenar y Sabrina le pidió que en cambio fuera a tomar el té a su casa.

Se abrazaron como si hiciera meses que no se veían. Al menos para Sabrina parecía realmente mucho más que una semana. Siempre le costaba reubicarse con la gente de su entorno neoyorquino de regreso de Buenos Aires como si fueran desconocidos a los que tenía que volver a conocer.

Cuando concluyó el abrazo, Sue Ellen dio un paso hacia atrás para mirar a su amiga. Sabrina la siguió con los ojos y notó una expresión extraña en los de ella.

—¿Qué? - le preguntó.

—Estás muy… cambiada - solo se atrevió a decir Sue Ellen.

—¿Cambiada cómo? - le preguntó divertida pero enseguida vio que la expresión de Sue Ellen era una mezcla de sorpresa y horror.

—No sé como explicarlo…

Sabrina corrió al baño y frente al espejo comprobó que había regresado a Nueva York con el rostro de Buenos Aires. El espanto le llenó los ojos de lágrimas mientras una profunda desesperación la sacudió como un terremoto. Esto no era posible. Nunca le había ocurrido antes. ¿Qué haría ahora? ¿Cómo podría convivir con esta cara todos los días de su vida?

Sue Ellen se asomó al baño:

—No entiendo… ¿qué te pasó?

—Este era mi secreto - le contestó Sabrina secándose las lágrimas con la punta de los dedos -, tengo cuarenta y cinco años.

—Pero ¿cómo es posible? Hace una semana parecías de veintipico.

—No sé. Fue siempre así. Así soy yo en Buenos Aires. Como me ves ahora. Pero por alguna razón, acá nunca envejecí.

No era posible dar más explicaciones cuando ella misma no las tenía. Pero si las arrugas no se iban, si la expresión madura de su mirada no retrocedía, si sus pechos no se elevaban por arte de magia, si sus músculos no se tonificaban pronto, no podría ocultarle la realidad a nadie. Ni siquiera a sí misma.

Cuando Sue Ellen por fin se fue, se tiró en la cama a pensar. Quizá esto quisiera decir que ya era hora de asumir su verdadera edad. Celebrarse en serio. En Nueva York donde había elegido vivir. Vivir, en lugar de sobrevivir.

El malestar inicial se fue aplacando de a poco. La verdad es que le costaba mucha energía mantener esa fachada de joven. Las noches atendiendo mesas en el café, las interminables clases de teatro con la ilusión de que una más haría la diferencia. La endémica frustración de no ser nunca elegida en las audiciones para el papel que quería.

Lentamente fue llegando a la conclusión de que si tenía cuarenta y cinco años estas cosas resultaban inadmisibles.

Se acercó otra vez al espejo del baño y el impacto fue menor. Después de todo, durante la semana pasada había convivido con esta realidad.

Vio que no era fea. Sólo mayor. Más madura. Con menos tiempo que perder. Y tal vez, pensó, eso no fuera algo tan negativo.

DIARIO DE MELISA Y MARISA

3 de abril

Querido diario:

¡Hola! Hoy te compramos en la librería del Paseo Alcorta.

La vendedora preguntó por qué no nos comprábamos un diario cada una, pero le dijimos que queríamos escribir juntas, y cuando nos escuchó, mamá se rió mucho.

Vamos a escribir todos los días aunque sea un poco para contarte todas nuestras aventuras. Tenemos diez años y somos gemelas. Estamos en la clase de la señorita Alejandra. Ahora tenemos que estudiar para la prueba de matemática. Chau.

4 de abril

Querido diario:

Queremos ponerte un nombre, así que te vas a llamar Brian que nos gusta a las dos y que va a ser el nombre de nuestros hijos varones cuando los tengamos.

Nos fue bien en la prueba, nos soplamos un poquito pero como tenemos un código secreto, la señorita no se dio cuenta de que nos estábamos copiando. Cuando terminamos la prueba salimos al recreo y nos compramos dos alfajores en la cafetería y después nos sentamos con Jimena y Analía en el patio a cambiar *stickers*. Son nuestras mejores amigas aunque en realidad nosotras somos nuestras mejores amigas porque somos inseparables. Por eso mamá y papá siempre nos llaman "Melisa y Marisa vengan a comer" o "Melisa y Marisa vayan a hacer los deberes". Estamos seguras de que muchas veces no saben cuál es Melisa y cuál es Marisa. Y lo peor es que a veces nos vestimos iguales para confundir a mamá, pero eso es culpa de ella porque cuando éramos chicas siempre nos vestía a las dos iguales (solo que nos ponía una tirita de color en la muñeca para saber quién era quién) y ahora a veces todavía nos compra la misma ropa. Por lo menos a Tara y Ani, otras gemelas que conocemos, les ponían ropa igual pero de diferente color. Mamá no, el mismo color para las dos. Por lo menos a ellas las reconocían porque Tara estaba siempre vestida de rosa y Ani de naranja. Ahora se visten totalmente diferentes, Ani usa pantalones gastados y camisas como de hombre y Tara anda siempre con unas calzas como de baile con unas remeras cortitas. Ellas dos iban a nuestra escuela pero Tara se fue a otra escuela el año pasado y ahora la vemos solamente a la salida cuando viene a veces con su mamá a buscar a Ani.

7 de abril

Querido Brian:

Perdonanos porque hace tres días que no te escribimos pero es que entre los deberes, las clases de guitarra, las de inglés y las de gimnasia deportiva estamos siempre cansadas. Llegamos a casa, hacemos la tarea, comemos, vemos un poco de televisión y ya nos tenemos que ir a dormir. Encima, todas las noches nos peleamos con mamá porque no quiere que veamos un programa que empieza a las ocho porque dice que somos muy chicas para ver telenovelas. ¡Pero ya estamos súper enganchadas! A papá le da igual, pero siempre se pone del lado de mamá y eso nos da una bronca... ¡Marisa, Melisa, se van a la cama ya! Nos grita cuando protestamos que queremos ver la novela. Y bueno, al final, hay días que ganamos nosotras y la vemos, y otros que nos terminan mandando a la pieza sin postre por discutir como hoy, pero igual no nos importa porque hoy había fruta de postre. Así que querido Brian, sos nuestro único consuelo. ¡No vemos la hora de ser grandes y comprarnos nuestra propia casa! Porque ya lo decidimos, cuando seamos grandes nos vamos a casar el mismo día con dos chicos que sean gemelos y vamos a vivir todos juntos.

12 de abril

Brian:

Hoy fuimos al supermercado con mamá y un nene nos preguntó primero si éramos gemelas y después si cumplíamos años el mismo día. ¡Qué pregunta estúpida! Gemelas quiere decir que cumplimos el mismo día. Dos por tres nos preguntan la misma estupidez. Me gusta más cuando nos hacen preguntas como si una se lastima la pierna si a la otra le duele. Porque entonces les podemos contar de la vez que una se cayó y la otra que estaba en otro cuarto pegó un grito o cuando a una le salieron ampollas en los pies de tanto andar con unos zapatos nuevos y la otra no podía caminar. La gente se cree que es mentira pero es verdad.

2 de mayo

Ayer fue el día del trabajo así que no fuimos a la escuela. Nos pasamos el día encerradas porque llovió sin parar y papá no quería sacar el coche. Melisa y Marisa lo lamento mucho pero van a tener que arreglárselas en casa, nos dijo cuando le pedimos que nos lleve al cine. Y nos dio bronca porque no teníamos que ir al colegio ni a gimnasia deportiva y podríamos ir a ver Shrek II pero él no quería. Y mamá que estaba cansada, que ella corre todo el día con nosotras de acá para allá y que hoy le toca a su papá ocuparse de ustedes y si no se quiere ocupar, entonces se quedan en casa. Qué viva, nos quedamos todos en casa aburridos. Papá se pegó a la televisión y no dejó a nadie más ver nada porque él no está nunca y ayer era su único día para descansar y ver lo que se le daba la gana. Al final, nosotras nos pasamos el día jugando en nuestra pieza y aunque nos peleamos porque una quería jugar con las Barbies y la otra con la computadora, al final estábamos tan aburridas que jugamos un rato a cada cosa.

11 de mayo

No es fácil escribirte entre las dos y por eso hace muchos días que no te escribimos. Ahora nos vamos a comer y a dormir temprano porque mañana tenemos una prueba de ortografía.

15 de mayo

Le dijimos a mamá que no queríamos ir más a guitarra. En realidad, Marisa quería seguir yendo pero yo no. Pero como mamá o nos lleva a las dos o no lleva a ninguna, le pedí a Marisa que dijera que ella tampoco quería ir más. A cambio, le prometí que vamos a seguir yendo a gimnasia deportiva que a ella le gusta y a mí me da igual y a inglés que nos gusta a las dos. A ella le gustaría más tomar clase de pintura como Jimena pero como yo no quiero ir, mamá no la lleva. Ella dice que con todas las cosas que hacemos aparte de la escuela, ella no puede encima dividirse en dos. Dice que nos tenemos que poner de acuerdo. Me da un poco de rabia porque a mí me gustaría hacer natación en la pileta del club pero Marisa le tiene miedo al agua. Cuando vamos de vacaciones a Mar del Plata nunca se mete en el mar a menos que papá la cargue sobre los hombros.

18 de mayo

Querido Brian:

Estuvimos en la casa de la tía Carmen y el tío Alberto por el cumple de la tía que es la hermana de papá. Estaba toda la familia y nos divertimos bastante con nuestros primos Nico y Julián y su perro que es un pastor inglés enorme.

Jugamos al voley en el jardín porque tienen un jardín inmenso con pileta. Nosotras jugamos en el mismo equipo y ganamos. Nico y Julián se enojaron porque dijeron que nos hacíamos señales y que eso es trampa pero después se les pasó y jugamos con unos jueguitos electrónicos que trajo nuestro otro primo Felipe, el hijo de tía Estela, la hermana melliza de mamá.

Para los chicos había unos sanguchitos y medialunas de jamón y queso y de postre comimos una torta riquísima de chocolate y dulce de leche.

1 de junio

La Señorita Alejandra es la única que siempre sabe cuál soy yo y cuál es Marisa aunque estemos vestidas con el mismo uniforme. No nos llama a las dos juntas por las dudas porque nunca se equivoca. En cambio mamá y papá se confunden todo el tiempo. A veces me gustaría tener un lunar en la cara, o algo totalmente diferente de Marisa para que me distingan. Como cuando éramos chicas y mamá nos ponía unos prendedores que había pintado con nuestros nombres. Pero ya estamos grandes para usarlos. ¿Sabías que yo soy la mayor?

Hoy en inglés una chica nueva me preguntó si me gustaba ser gemela. Le dije que sí pero en realidad no sé. Marisa, no te enojes cuando leas esto, pero a veces me parece que sería mejor ser diferentes y otras veces creo que me moriría si fuéramos diferentes. ¿A vos no te pasa?

3 de junio

Estuvimos toda la tarde de acá para allá buscando ropa para una obra de teatro que estamos haciendo con la maestra de inglés donde casi todos hacemos de mendigos y un chico Alex, hace de Robin Hood. Mrs. Peters dice que en realidad no es como el cuento de Robin Hood porque ella escribió la obra y es mucho más corta.

Mamá se subió por los escalones del placard hasta la parte más alta donde tiene un montón de cajas con ropa suya vieja y nosotras nos probamos todo, pero casi todo nos quedaba grande. De algunas cosas tenía dos iguales, de ella y de la tía Estela, aunque ellas no son gemelas. Mamá es mucho más linda que la tía.

Al final encontramos unas polleras negras y unas blusas también negras que nos llegaban hasta los tobillos y quedamos hechas unas perfectas mendigas.

4 de junio

Ayer Marisa y mamá insistieron en que nos teníamos que vestir iguales para la obra de teatro de inglés. No entiendo por qué. A mi me gustaba un vestido floreado que era de cuando mi mamá era chica pero como había uno solo, nos terminamos poniendo las polleras negras. Todos los chicos van a estar con ropa distinta menos nosotras. Y ¿por qué? Si nosotras no somos una, somos dos.

5 de junio

Queridísimo Brian:

Esta tarde en la clase de inglés ensayamos la obra y creo que Alex gusta de nosotras porque nos mira todo el tiempo y cada vez que nos damos vuelta nos está mirando. Es lindo y simpático pero no tiene un hermano mellizo. En realidad no hay muchos gemelos en ningún lado, las únicas otras gemelas que conocemos son Tara y Ani.

Mrs. Peters nos dijo que actuábamos muy bien y que era buena idea que nos vistiéramos igual porque seguro que no había muchas mendigas mellizas y eso le iba a gustar a la gente.

Escribo mientras Marisa está en el baño. Siempre tarda un montón.

A mí me gusta Alex y no me importa que no tenga un hermano. Pero yo quiero que él guste sólo de mí y me parece que eso es difícil.

8 de julio

Querido Brian:

Hace mucho que no te escribimos. Hoy empiezan las vacaciones de invierno y dentro de dos días nos vamos a Salta y a Jujuy en auto a ver a unos amigos de mi papá.

La obra de inglés salió rebuena y al final Alex nos invitó a su cumpleaños que fue el 25 de junio. Le compramos Simcity, un juego para la compu que por suerte no tenía. Pero la verdad es que no lo pasé muy bien en su casa porque en un momento lo vi a Alex diciéndole algo a Melisa y ella se rió como si estuvieran hablando algo en secreto y cuando le pregunté a Mel qué era me dijo que nada. Hace unos días que nos las pasamos peleando a los gritos y ella no quiere jugar conmigo en la escuela.

Nos las pasamos peleando porque vos querés jugar todo el tiempo conmigo y yo a veces quiero jugar sola con otras chicas.

No sé cómo Melisa puede querer jugar sin mí. Yo siempre quiero jugar con ella aunque juguemos con otras chicas. Ella es mi hermana y mi mejor amiga y no me gusta estar sin ella.

Marisa, porque no juguemos todo el tiempo juntas no voy a dejar de ser tu hermana y tu mejor amiga. Es como cuando empezamos a usar ropa distinta. Al principio no nos gustaba pero después sí. Aunque yo sé que a vos te encanta cuando nos ponemos las dos los pantalones azules y las remeras rojas ralladas para confundir a mamá.

Esto es para Brian:

Estamos en casa preparándonos para el viaje al norte. Nosotras armamos una valija para las dos y vamos a llevar toda ropa distinta, hasta las camperas son completamente diferentes. Lo único que tenemos igual son las zapatillas que nos regaló mamá para el día del niño porque dijo que eran las más lindas y no quería comprárselas a una y a la otra comprarle unas menos lindas.

El viaje en auto es muy largo y vamos a estar solas sin amigas para jugar así que vamos a jugar juntas. Mamá nos dijo Marisa y Melisa llévense juegos para el auto así no se aburren y ojo con andarse peleando.

18 de julio

Anoche volvimos de vacaciones. El viaje fue muy lindo y conocimos muchos lugares. Los amigos de papá son muy simpáticos y el hijo mayor que tiene doce –Andrés– me gustó mucho pero como Marisa estaba todo el tiempo pegada a mí no pudimos ni hablar. O sea, hablamos las dos con él y con su hermano de ocho que es medio tonto porque nos preguntó por qué nos llamábamos Melisa y Marisa si los nombres se parecían tanto. Qué se yo ¿vos por qué te llamás Federico? Me dijo que era el nombre de su abuelo. Bueno, le dije yo, yo no sé por qué mi mamá eligió estos nombres. Después en el viaje de vuelta se lo pregunté y mamá se sonrió y me dijo que porque le gustaban esos nombres. Papá no dijo nada pero vi como la miró de reojo como si le dijera viste, yo te dije.

20 de julio

Brian, no te llevamos a Salta y a Jujuy porque igual no íbamos a tener tiempo de escribir. Con tanto para hacer no paramos un minuto. Lo que más me gustó fue la Quebrada de Humahuaca y el Cerro de los siete colores. Es un lugar hermoso con montañas anaranjadas y en un pueblo que se llama Purmamarca venden unos frasquitos con arenita de colores que forma un paisaje. Nos compramos uno cada una y los pusimos en la repisa. Cada vez que lo miro me acuerdo de la Quebrada.

Estuvimos juntas todo el viaje porque mamá y papá estuvieron con sus amigos, pero a veces venían los hijos de los amigos y entonces Melisa quería estar sola con Andrés pero yo no los dejaba porque él no tiene un hermano mellizo. Solamente tiene a Federico que es muy chico. No entiendo por qué Melisa insiste en hacer cosas separada de mí cuando toda la vida hicimos todo juntas.

21 de julio

Quiero hacer cosas separada porque somos dos personas. Vos sos Marisa y yo soy Melisa y aunque seamos idénticas y tengamos nombres parecidos y nos gusten los mismos chicos y los alfajores de dulce de leche y los mismos programas de televisión, somos dos. Dos, ¿entendés?

23 de julio

Hoy empezaron las clases pero Marisa no fue porque estaba enferma. Tiene fiebre y dolor de pecho. Yo fui pero me sentí mal todo el día, sin ganas de hacer nada. Lo primero que hice cuando volví fue ir a ver a Marisa que estaba acostada en la cama de mamá medio dormida. Cuando sintió que me senté en la cama abrió los ojos y me preguntó cómo había estado la escuela. Le dije que bien pero que la había extrañado. Se sonrió y me preguntó si había jugado en el patio con Analía y Jimena. Hacía mucho frío, le dije, pero en realidad no salí porque me sentía mal.

25 de julio

Querido diario:

Marisa sigue en cama. Tiene neumonía y tiene que hacer reposo. Yo le traigo lo que hacemos en clase todos los días y después hacemos juntas los deberes que yo le llevo a la señorita Alejandra.

Cuando estoy en la escuela sin Marisa quiero volver a casa rápido para estar con ella. Además no me siento del todo bien. Me duele un poco el pecho y yo sé que es porque le duele a ella.

Hoy jugué en el recreo con Bárbara, la chica que se sienta dos bancos adelante del mío. Vive acá cerca así que quedamos en que la semana que viene cuando Marisa esté mejor, voy a ir a jugar a su casa.

27 de julio

Lo primero que me pregunta mi hermana cuando me ve entrar de la escuela es con quién estuve hoy. Al principio le decía que con nadie porque de verdad no quería hablar con nadie porque me sentía mal. Pero ahora es como un juego y cada día le digo con otra persona. De a poco estoy hablando con todos los chicos de mi grado así cuando vuelvo le puedo contar a Marisa cómo son y ella se ríe y me hace muchas preguntas.

Así que ahora como ya sé lo que me va a preguntar, me fijo bien en la ropa que usa cada uno y en cómo hablan, y averiguo si tienen hermanos y dónde viven y mil cosas más.

29 de julio

Querido diario:

Me parece que me siento como se deben sentir Tara y Ani yendo a escuelas distintas. Es muy raro porque la extraño mucho a Marisa. Ella y yo siempre hablamos en voz baja durante la clase y también en los recreos y ella siempre adivina lo que pienso sin que se lo tenga que decir. En cambio a Bárbara o a Analía les tengo que explicar todo y es muy cansador. Pero también me gusta hablar con otra gente y después poder contarle a Marisa lo que pasó durante el día.

Hoy Juan Carlos que se sienta detrás de mí se copió en la prueba de geografía porque yo lo dejé. El me había dicho que no había podido estudiar porque su perro estuvo toda la noche enfermo vomitando. Cuando le conté a Marisa le pareció mal. Pero yo creo que hice bien. El me estuvo dando chicles que le trajeron sus tíos de Estados Unidos toda la semana.

5 de agosto

¡Por fin volví a la escuela! Estaba harta de estar en casa y por más que mamá me dejaba ver la novela a la noche y me traía la comida a la cama, ya estaba aburrida de estar acostada todo el tiempo.

Cuando entré a la clase, todos me saludaron y eso fue relindo y después en el recreo, todos los chicos querían saber cómo me sentía y si quería jugar con ellos. Melisa se fue a comprar unos alfajores para las dos a la cafetería y cuando volvió yo estaba mirando el álbum de stickers de Betina. Mel se quedó con nosotras un rato y después se fue con Bárbara a practicar una canción que inventaron las dos el otro día.

7 de agosto

Querido Brian:

¡Ya se te están acabando las hojas! ¡No puedo creer todo lo que escribimos!

Hoy estoy muy cansada. Mamá dice que es porque todavía estoy débil. Es gracioso porque ahora que estuve en cama tantos días adelgacé y cuando me miro al espejo me veo completamente diferente a Melisa pero ella dice que estoy igual. Me hizo acordar a la historia de cuando éramos chicas y yo me miraba al espejo, y no me daba cuenta de que lo que veía era mi propio reflejo. Pensaba que la estaba viendo a Melisa.

10 de agosto

Querido Brian:

Esta es tu última página así que te la escribimos las dos. Te queremos mucho y todo lo que te contamos aquí es súper secreto así que a partir de ahora vamos a cerrarte con candado para que nadie más que nosotras te pueda leer.

Hoy fuimos con mamá al Paseo Alcorta a comprar ropa y nos compramos dos diarios, uno para cada una. El mío, o sea el de Marisa, tiene una Barbie en la tapa y el mío, o sea el de Melisa, tiene una foto del mar.

POR SIEMPRE TUYA

Lo primero que vimos desde la entrada fueron las lápidas partidas; el mármol cortado de un hachazo seco.

Al acercarnos, notamos que al caer hacia adelante, los pedazos habían quedado boca abajo, dejando a los muertos en el anonimato.

Recién después levantamos la mirada y nos dimos cuenta de que el vandalismo no se reducía a un área específica. Era como si las tumbas hubieran sido elegidas por alguna razón particular; dos por aquí, tres por allá, una en el fondo. Había estatuas de santos partidas en dos, y monumentos derrumbados, de los que sólo se veían los tornillos de la base.

Caminamos por entre las lápidas caídas buscando alguna explicación. Presumimos que muy probablemente habría sido un grupo de muchachones drogados o borrachos sin nada mejor que hacer. Nos invadió una enorme tristeza; los destrozos le daban al antiguo cementerio un aspecto desolador.

Por su antigüedad, muchas de las inscripciones del cementerio habían sido erosionadas y las escasas banderitas que aún quedaban en pie identificando a los veteranos de guerra, estaban raídas y decoloradas.

Nos habíamos tomado el domingo para viajar a Saugerties, un pueblo a unas tres horas de Manhattan, a entrevistar al cuidador de un hotel muy particular pues estaba ubicado en un antiguo faro en el medio del Río Hudson. Habíamos ido a verlo apenas llegamos pero el cuidador, Reno Martins, dijo que no podía atendernos hasta la tarde, lo que nos dejó con más tiempo disponible del que habíamos planeado. Salimos a hacer una caminata y siguiendo con una tradición que Sue y yo habíamos iniciado cinco años antes, en nuestro primer viaje como reporteras, fuimos a visitar el cementerio.

Avanzamos lentamente por entre las filas de tumbas deteniéndonos en las que eran legibles. Albert Shatz, 1932-1990, tenía un altar dedicado a él lleno de conejos de peluche y de huevos de plástico de colores brillantes. Evidentemente su viuda no lograba rehacer su vida por más que ya habían pasado catorce años de su muerte. Me pareció patético y deprimente que esta mujer tuviera que aferrarse a un muerto para seguir viviendo.

"Mark Stapleton 1936-1956 adorado esposo, por siempre tuya. Rita Stapleton 1937" leyó Sue en voz alta. En la enorme lápida horizontal, Rita había hecho tallar un gran Chevrolet Bel Air de color rosa brillante. En las cuatro esquinas había dibujos de copas de champagne.

Yo nunca había visto algo así en un cementerio. Me pareció de un mal gusto espantoso.

—Debe haber muerto en un accidente de auto- dije conteniendo mis otros pensamientos.

—¡Y borracho! ¡Lo raro es que se casara tan joven!- exclamó Sue.

—Y lo peor es que ella escribió su nombre y fecha de nacimiento en la tumba para que la enterraran con él pero ella también era muy joven y seguramente se volvió a casar. ¿Estará enterrada en otra tumba?

—Eso querría decir que su nombre está en dos tumbas.

—¡Busquémosla! —pedí intrigada.

Sue aceptó y recorrimos el resto del cementerio en busca de Rita Stapleton. En nuestro afán por encontrarla leímos docenas de lápidas y descubrimos otras dos o tres esposas listadas en las tumbas de los maridos solamente con su fecha de nacimiento.

—Si yo me casara en segundas nupcias, me haría borrar de la tumba de mi primer marido- le comenté a mi amiga.

—¡Yo directamente no pondría mi nombre!

—Sí, esto de que mi nombre aparezca en una tumba antes de que me muera no me hace gracia, pero peor aún que te cases y tu esposo te vea enterrada con tu ex cuando estás casada con él… eso me parece tremendo, ¿no?

—Totalmente. Pero seguro que era la tradición de esa época. Supongo que después la gente se olvidaría de hacerse borrar.

Después de caminar un buen rato encontramos a John Rollins 1920-1972. Al lado de su nombre decía: "adorado esposo, por siempre tuya Rita Rollins 1937"

—¡Acá está; fijate, al segundo esposo le escribió exactamente lo mismo que al primero! ¡Qué macabro!

—¿Pensás que se olvidó lo que le había escrito a Mark?- preguntó Sue.

—¿Cómo se va a olvidar si seguramente venía a visitar la tumba?

Lo que me gustaría saber es si está viva o si la habrán enterrado con otro.

−¿Pensás que se volvió a casar?- le pregunté.

−¿Por qué no? Tenía solamente 35 años cuando se murió John.

Ya hablábamos de los muertos como de conocidos y lo que había empezado como curiosidad, se convirtió en una seria necesidad de conocer la historia de Rita.

Pero por más que recorrimos todo el cementerio, no encontramos a ninguna Rita Stapleton o Rollins, ni siquiera encontramos otra Rita.

Dimos aún unas vueltas más antes de irnos y nos detuvimos un rato frente al monumento de los Harris, rodeado de pequeñas lápidas que demarcaban la parcela: de este lado estaba la familia materna y de ése la paterna. Mirando las fechas vimos que los tres hijos de Elizabeth y Peter Harris habían muerto antes de los tres años.

−¡Qué horror!- exclamé espantada.

−¡Pobre gente! ¿Qué habrá sido de Elizabeth y Peter?

−En principio, los dos murieron demasiado jóvenes.

−Sí, pero ¿cómo habrán sobrevivido a estas tragedias, no?

Era difícil conjeturar sobre un tema tan delicado y doloroso. Por más que ya hacía tiempo que los Harris estaban todos bajo tierra, estas escasas huellas de su dolor nos llegaban profundamente.

Decidimos irnos de una vez y continuar con nuestra caminata matutina que habíamos iniciado dos horas antes con gran entusiasmo.

Apenas salimos del cementerio nos encaminamos de nuevo hacia la zona más residencial del pueblo donde las anchas veredas estaban bordeadas por magníficas magnolias en flor. Este repentino renacimiento de la naturaleza después de un largísimo y extremadamente frío invierno, nos parecía milagroso. Nos devolvía la esperanza de que nada se termina en forma definitiva sino de que todo en la vida fueran meros ciclos.

–¡Mirá! Esta debe ser la casa de los Shatz- me sorprendió Sue sacudiéndome el brazo al pasar frente a un jardín en el que desbordaban los mismos conejos de peluche y huevos de plástico que acabábamos de ver en el cementerio. Fue como si pudiéramos ver el hilo conector entre esta mujer y su esposo, como si conociéramos su más íntimo secreto.

–Toquemos timbre- le sugerí a Sue sin pensar.

–¿Para qué? ¿Estás loca?- Sue me tironeó de la camisa para forzarme a seguir andando. Pero yo me solté, me acerqué a la puerta y apreté el botón- Chris, Chris, ¿estás loca?- escuché a Sue repetirme mientras se abría la puerta.

La señora Shatz era una mujer de unos setenta años con el pelo gris muy corto, que llevaba un vestido floreado cubierto por un delantal en el que se secó las manos antes de empujar la puerta mosquitero.

–¿Sí? ¿En qué las puedo ayudar? –preguntó con una voz vibrante.

–Perdón señora Shatz, acabamos de pasar por el cementerio y vimos la tumba de su esposo y reconocimos su casa por la decoración- dije yo dándome cuenta de lo ridículo, por no decir desubicado, de la situación-. Trabajamos para la revista *Viajes y aventuras* y nos gustaría conversar con usted.

–¿Y qué interés puede tener su revista en mí?

–Bueno… en realidad nos intriga el cuidado que le pone a la tumba- confesé.

La mujer se hizo a un lado y nos invitó a pasar. La casa estaba atiborrada de pequeños adornos, de esos que toma toda una vida coleccionar y de los que probablemente los hijos se deshagan en cuanto la señora Shatz fallezca. Una inmensa cantidad de portarretratos nuevos y viejos de todas formas y tamaños tapizaba las paredes. Olía a galletitas de chocolate recién horneadas y pronto comprobamos que el olfato no nos engañaba: nuestra amable anfitriona nos ofreció té con brownies tibios.

–Albert murió de un ataque cardíaco la noche de nuestro veinticinco aniversario- dijo apaciblemente-. Estábamos haciendo el amor y murió sobre mí- la confesión la ruborizó-. Nos amábamos con locura y por más que después de su muerte tuve varias parejas y dos propuestas de casamiento, nunca quise a nadie tanto como a él. Por eso no me volví a casar y prefiero pasar las fiestas haciendo un picnic en su tumba; es donde lo siento más cerca. Mis hijos creen que estoy loca pero no me importa lo que piensen. Paso la mayor parte del tiempo con ellos y con mis nietos, de modo que no pasa nada si festejo mis aniversarios y las fiestas con Albert, ¿verdad?

Sue y yo nos mantuvimos en silencio, tomando pequeños sorbos de té de bergamota y mordisqueando los deliciosos brownies. Era como escuchar a mi abuela contarme sus historias los sábados por la noche cuando era chica. Sentía una mezcla de fascinación y descreimiento.

–Cuando vi los conejos y los huevos me dieron ganas de conocerla- le dije casi acongojada por mi propio recuerdo.

–Me alegro de que hayan venido. La mayoría de la gente solo se ríe de mí.

Hubo un momento de silencio durante el que intercambiamos amables sonrisas y luego, no sé por qué, se me ocurrió preguntarle:

–¿Conoce a Rita Rollins?

–¿Rita? Conozco a Rita Kepps. Es la única Rita en el pueblo. Vive a dos cuadras de aquí. Doblen a la derecha al salir de mi casa y en la esquina otra vez a la derecha. Su casa es la segunda a la izquierda. Y a ella, ¿para qué la buscan?- la Sra. Shatz preguntó curiosa.

–Para hacerle unas preguntas- dijo Sue antes de que yo empezara a dar complicadas explicaciones.

Nos despedimos de la señora Shatz con un cálido apretón de manos y siguiendo sus instrucciones nos encaminamos hacia la casa de Rita Kepps con la esperanza de que fuera "nuestra" Rita.

–Realmente, ¿con qué excusa vamos a ver a esta mujer?- me preguntó Sue incómoda.

–No sé. Ya se me ocurrirá algo.

–Se nos va a ir la tarde y tenemos que ver a Reno Martins- protestó.

–Hablamos con Rita y nos vamos para lo de Reno- le prometí ya casi llegando a nuestro destino.

Rita no estaba en casa; la mujer que nos atendió nos dijo que había ido a misa y que regresaría de un momento a otro. Nos hizo pasar a la sala y nos ofreció té que rechazamos con gentileza. Luego nos dejó solas, hecho que aprovechamos para identificar pistas de la vida de Rita. Pero salvo por el orden y el buen gusto del decorado, había poco que revelara quién era esta misteriosa mujer.

Al rato oímos risas y casi enseguida vimos entrar a Rita y a un hombre que luego nos presentó como su esposo George Kepps. Al vernos, dejaron de reír; pero una sonrisa aún colgaba de los labios de ella cuando nos preguntó quiénes éramos.

–Trabajamos para la revista *Viajes y aventuras* y estamos entrevistando antiguas residentes de Saugerties- le mentí y enseguida sentí los ojos calientes de Sue en mi cara. No me gustaba mentir pero no me parecía prudente hablar de nuestro tema enfrente de su marido. Necesitaba que se fuera. Rita le dirigió una lánguida mirada a George con la que se disculpaba por demorarse unos minutos con nosotras. El aceptó su gesto y se despidió, subiendo las escaleras. Yo usé su partida para corregirme-. Pero en realidad a usted la venimos a ver por otro motivo. Estuvimos en el cementerio y vimos las tumbas de Mark Stapleton y de John Rollins -le dije y miré a Sue que pareció relajarse con mi confesión.

Rita se dejó caer en el sillón que enfrentaba al mío, como si se preparara para contar una larga historia. Sin dudas era nuestra Rita. Me pregunté si todos estos años habría estado esperando que fuera alguien a enfrentarla con estos datos y le permitiera por fin contar su versión de los hechos.

–¿Y qué quieren saber?- preguntó antes de entregarse a la narración.

–Su historia... si no le molesta. Nos intrigó ver su nombre en dos tumbas.

–Nadie jamás se dio cuenta de ese detalle- dijo Rita casi divertida. Era una hermosa mujer de edad absolutamente indefinida; si bien sabíamos por su fecha de nacimiento (1937) que tenía sesenta y siete años, también podría haber tenido treinta y cinco o cuarenta. Tenía unos vivaces ojos azules y una melenita castaña clara que le bailaba sobre la frente cada vez que hablaba. Era de mediana estatura y con un cuerpo compacto y fibroso que asomaba por debajo de sus mangas cortas y sus pantalones a la pantorrilla.

–¿Por qué no se hizo borrar de las lápidas?- le preguntó Sue intrigada.

–Bueno... no es fácil de explicar pero... inscribir mi nombre en una lápida, para mí es una manera de contactarme con la eternidad y en el fondo, una forma de esquivar la muerte- la incredulidad se debía transparentar en nuestras caras porque Rita agregó-: Yo sé que parece no tener sentido, pero yo siento que si ya estoy inscripta en una tumba, no hace falta que muera, porque de alguna manera ya estoy ahí. Y a lo mejor así viva eternamente y los que sigan muriendo sean los otros- su sonrisa cómplice no nos dejaba vislumbrar si hablaba en serio o no.

–¿Este es su tercer marido?- le pregunté señalando con la cabeza hacia el segundo piso.

Se demoró unos segundos en contestar como si estuviera haciendo cálculos:

–El quinto. Los otros dos están enterrados en el cementerio nuevo. El cementerio que visitaron ustedes lo cerraron hace unos años.

–¿Y su nombre está… -empezó a decir Sue.

–Sí, mi nombre está en esas dos tumbas también.

–¿Y la misma frase?

–Sí, igual.

–¿Pero ninguno de ellos vio las tumbas de los otros con su nombre grabado y su promesa de amor eterno?- Sue sonaba un poco irritada cuando yo hubiera preferido que mantuviera la serenidad.

–No. A ninguno de mis maridos les parecía atractivo visitar cementerios. Sólo a mí. A mí y a mi hija- aclaró.

Sue y yo la miramos sorprendidas.

–¿Cómo?- pregunté yo.

–Desde chica mi pasión era visitar cementerios; leer las inscripciones, adivinar las historias detrás de cada tumba. Un poco lo que están haciendo ustedes ahora; por eso estoy acá sentada hablándoles. Cuando murió Mark se me ocurrió poner mi nombre como había visto en otras lápidas. Me resultaba apasionante visitar el cementerio y ver mi nombre ahí, grabado en la roca junto al suyo. Era una sensación fascinante: como si estuviera viviendo cada día de regalo. Entonces se me ocurrió que la mejor manera de eternizarme era inscribirlo en cuantas más lápidas pudiera- su relato me empezaba a asustar. Rita parecía poseída por un entusiasmo inusual. Sue me miró e hizo un gesto como diciéndome que era hora de irnos. Pero Rita recién empezaba con su historia y yo no estaba dispuesta a irme así-. Cuando murió John, escribí mi nombre en su lápida y lo enterré cerca de Mark, de modo que en un viaje al cementerio me veía enterrada dos veces y me sentía doblemente viva. A mi hija le resultaba muy gracioso ver mi nombre en las lápidas de los muertos.

–¿El papá de su hija era John?- preguntó Sue resignándose a que nos quedaríamos todavía un rato más.

–No; Mark. Nos casamos muy jóvenes porque yo había quedado embarazada y antes de que naciera mi hija Rita, él tuvo el accidente y murió. Rita y yo siempre fuimos muy unidas porque la pobrecita sólo me tenía a mí en el mundo y como me casé varias veces, siempre quise que me tuviera a mí como referente. Después, en 1977, me casé con Charles Carlson que por desgracia murió a los tres años de casados. A él y a Robert McManus, mi cuarto marido, con el que estuve casada nueve años, los tuve que enterrar en el cementerio nuevo. ¡Hubiera sido tanto mejor tenerlos a todos juntos!

Sue preguntó lo que yo me moría por preguntar pero que por discreción me había callado.

–¿Y de qué murieron sus esposos?

Rita inspiró hondo antes de contestar:

—Estoy segura de que había una maldición sobre mi casa. Un día en 1996, un año después de la muerte de Robert, vino un hombre de apellido Ashton, que me dijo que su papá había vivido acá antes de que yo comprara la casa. El viejo señor Ashton acababa de morir y en su testamento había pedido que rescataran dos urnas con las cenizas de sus dos esposas que estaban en un hueco en el sótano. Lo hice entrar y bajé con él al sótano y efectivamente, en un hueco que yo nunca había notado antes, estaban las dos urnas de plata. Yo estoy segura de que esas mujeres fueron las responsables de la muerte de mis últimos tres maridos; porque el caso de Mark fue diferente. El tuvo un accidente con el auto un viernes después de haber bebido demasiado.

—¿Y todo esto ocurrió en esta misma casa?- pregunté incrédula e incómoda.

—Sí. Pero ahora que el hombre se llevó las urnas yo creo que George está a salvo.

—¿Y George que dice de todo esto?- preguntó Sue.

—Él no cree en nada. Piensa que son puras casualidades y aparte no le tiene miedo a la muerte.

Podríamos haberle hecho veinte preguntas más; pero Rita se levantó y amablemente nos dijo que debía ocuparse de George. Que el domingo era el día que pasaban juntos.

Nos fuimos con una sensación extraña. ¿Estaba loca esta mujer o había conseguido la fórmula de la eterna juventud? Porque era evidente que ella no envejecía mientras sus maridos morían uno tras otro.

—No te contestó de qué se murieron- le dije a Sue.

—Es verdad. Se evadió como la mejor.

—¿Vos crees que los mató ella?

−Y… a mí me parece todo muy raro. ¿Cuatro esposos? ¿Y a ella le encanta visitar los cementerios y verse enterrada cuatro veces? Es todo muy macabro.

−¡Sí! ¿Por qué no vamos a ver las tumbas de Charles y Robert? -le pregunté mientras nos alejábamos de la casa de Rita.

−Pero ¿qué vamos a hacer con Reno Martins?- Sue insistió preocupada.

−Te prometo que terminamos esto y vamos.

A eso de las tres y media llegamos al cementerio nuevo en el otro extremo de la ciudad. Yo rogaba que encontráramos rápido las tumbas para que nos alcanzara el tiempo de entrevistar a Reno antes de volver a Manhattan o nuestra jefa nos iba a matar, porque aunque para mí esta fuera una aventura mucho más interesante que la de un viejo faro convertido en hotel, ella no lo iba a entender así. Para Margaret lo único que valía la pena explorar eran los goces terrenales y nada que tuviera que ver con un cementerio le resultaría posible para una nota en su revista.

Tardamos una hora en encontrar la primera tumba: "Charles Carlson, 1931-1980, adorado esposo, por siempre tuya Rita Carlson 1937".

Cuatro tumbas más allá encontramos otra tumba que nos dejó boquiabiertas: "Rita McMannus 1937-1999, adorada esposa, por siempre tuyo Robert McMannus 1955-2000".

¿Qué quería decir esto? Si Rita estaba muerta, ¿con quién habíamos hablado? ¿O era éste el método de eternizarse que Rita finalmente había descubierto: inscribir la fecha de su muerte imaginaria? En ese caso, ¿quién estaba enterrada en esta tumba? ¿Su hija? ¿Y entonces Rita madre nunca estuvo casada con un Robert McMannus sino que ese era el esposo de la hija?

O por el contrario, ¿era posible que la Rita con la que hablamos fuera su hija? ¿Que hubieran hecho algún tipo de pacto de que la hija continuaría la historia de la madre para que de alguna manera ésta viviera a través de aquella?

Cuando volvimos a la casa de Rita nadie atendió nuestros insistentes timbrazos. Las persianas estaban bajas y no se veía luz adentro. Como si no hubiéramos estado ahí dos horas antes, como si la casa hubiera estado cerrada desde hacía meses o quizás, años.

Dejamos Saugerties desconcertadas y con muchas más preguntas que respuestas. A Reno Martin no lo volvimos a llamar; Margaret se rehusó a usar nuestra historia para llenar el espacio de la que nos faltaba.

LA HISTORIA NO CONTADA

Ilustración **Michelle Flaum**

Acabo de entrevistar a Reno Martins.* Chris y Sue, las reporteras de la revista *Viajes y Aventuras* del cuento *Por siempre tuya* de Mariela Dabbah, habían viajado a ese pueblo para entrevistarlo pero se distrajeron con la historia de Rita -cuyo nombre aparecía en las tumbas de sus cuatro maridos- y no hicieron a tiempo de hablar con él.

Yo me leí todo el cuento sólo para enterarme de la historia de Reno Martins y de ese antiguo faro convertido en alojamiento "bed and breakfast" como se los llama en inglés. O sea que cuando leí la frase final del cuento: "A Reno Martins no lo volvimos a llamar", me desilusioné de tal manera que decidí ir yo misma a entrevistarlo. Al fin y al cabo, en el cuento

---

* *Nota de MD:* si leíste los cuentos en el orden en que se presentan en este libro, sabrás que Reno Martins es el cuidador de un hotel muy particular en Saugerties.

tenía toda la información que necesitaba para encontrarlo.

Sabiendo que a último momento el cuidador no había podido ver a Sue y a Chris en el horario que habían estipulado, llamé por teléfono para preguntarle muy concretamente cuándo le convenía verme; no quería pasarme el día dando vueltas inútiles. No tenía la más mínima intención de visitar cementerios como habían hecho ellas, y mucho menos de averiguar si Rita existía o era un invento de las chicas o peor aún, de Mariela Dabbah. Para mí era claro que se habían perdido la verdadera historia al irse de Saugerties sin entrevistar a Reno.

El teléfono sonó cuatro veces antes de que atendieran; por fin contestaron: era el mismo Reno Martins. Aparenté ser otra reportera de *Viajes y Aventuras* y me disculpé en nombre de mis supuestas compañeras.

–Lamento lo que ocurrió con Sue y Chris pero no pudieron quedarse hasta el domingo a la tarde porque las llamaron de la redacción para que regresaran urgente- mentí.

–Está bien. En realidad fue culpa mía -se disculpó Reno.

Me dijo que el sábado a la tarde era el mejor momento porque ya habría dejado instalados a sus huéspedes de fin de semana y tendría tiempo de conversar conmigo.

Combinamos que yo iría a verlo a las cinco de la tarde, de manera que calculé para llegar a Saugerties a eso de las cuatro.

Dejé el auto en un estacionamiento reservado para quienes visitaban el faro y me interné en un bosque que zigzagueaba por una media milla sobre terreno inestable. A mi izquierda, por entre la vegetación, se veía una diminuta playa a lo largo del río; por delante solamente árboles y ramas y algún banco tallado en un árbol caído. Avancé con cuidado, feliz de no tener que hacer este recorrido de noche o cargando valijas. Al final del camino, después de una curva pronunciada, aparecía de repente el faro.

–¡Bienvenida!- me saludó Reno Martins apenas me vio surgir por entre la maleza. Parecía contento de verme y me ayudó a subir los últimos escalones hasta la galería que rodeaba el faro.

Continuando con sus muestras de hospitalidad me ofreció un vaso de té helado que acepté agradecida y nos sentamos en unos bancos de madera sobre los que caía a pleno el tibio sol de la tarde.

El "hotel" era en realidad un pequeño edificio de piedra blanco de dos pisos, adjunto al cual estaba el faro que antaño guiaba a los barcos hacia el canal del río Esopus, un afluente del Hudson.

Reno hacía cinco años que vivía aquí, cosa que no pude entender ni aún después de entrevistarlo. Tendría unos cincuenta años –aunque no parecía tener más de cuarenta o cuarenta y dos- era alto y sutilmente musculoso. No era un hombre particularmente atractivo pero no era feo tampoco. Si lo hubiera conocido en un bar, seguro hubiera aceptado que me pagara un trago.

Saqué mi mini grabador y lo puse en la mesa entre nosotros y apreté el botón rojo para ponerlo en marcha.

–¿Cuántas habitaciones tiene el "bed and breakfast"?- pregunté para empezar; ya que supuse que los lectores de Viajes y Aventuras debían estar interesados en este tipo de información.

–Hay un dormitorio grande y uno chico.

–¿Cada uno con su baño?- pregunté dando por sentado que sería así.

–¡No! Hay un solo baño que compartimos todos. Como no hay

cloaca, es un baño que recicla los desechos para usarlos como abono. Hay que revolver con un palo mientras va bajando la materia fecal.

No quise ni imaginarme la situación. A Reno parecía divertirle mi incomodidad y se sonreía mientras me daba detalles que yo hubiera preferido no escuchar.

–¿No te aburrís de estar tan aislado?- le disparé poniendo en evidencia su propia situación.

–Nunca. Y eso que no tenemos televisión.

–¿Qué hacés cuando no estás con tus huéspedes?

–Leo a Platón, a Aristóteles…; básicamente leo. Pero también voy al pueblo a comer, a hacer las compras...

–¿Vas al cine?

–Muy poco. Soy muy cuidadoso con lo que veo. Ya Platón decía que el teatro era una maldición para el pueblo porque después de ver las tragedias griegas sus vidas les parecían insignificantes y cometían actos violentos para generar un drama comparable al que veían en escena- su explicación me dejó anonadada. Este hombre parecía vivir fuera del tiempo y del espacio, atado a una filosofía de dos mil quinientos años de antigüedad-. Prefiero pasar el tiempo con seres humanos- agregó-. Esto es lo real: estar acá hablando con vos es mucho mejor que estar mirando televisión o una película, ¿no te parece?

Le sonreí agradeciéndole el piropo y luego le pregunté:

–Y ¿cómo llegaste aquí?

–Hace años pintaba interiores. Pinté las mansiones de las familias más ricas de la zona. A través de un conocido me ofrecieron este trabajo donde me daban casa y comida y un pequeño salario. Ni lo dudé. Me encanta vivir en contacto con la naturaleza.

Yo pensé: "Y hacer ¿qué? ¿Escribir? ¿Pintar? ¿Meditar?" Pero en realidad, me parece que Reno no hacía nada.

Un tipo al que le gusta vivir en un hotel-faro, donde solamente hay dos cuartos además del suyo, y un baño que recicla caca y que encima comparte con todos los extraños que paran allí… me parece muy raro. ¿Vivir en medio de la nada sin televisión –y ni que hablar de Internet- sin conexión con el mundo más que las historias que le traen sus huéspedes, leyendo a Platón? Y si le gusta tanto la soledad, ¿por qué no aprovecharla para hacer algo más productivo? ¿Por qué no escribe, por ejemplo?

Y por más que Reno dice que para alojarse en su *"bed and breakfast"* hay que hacer reservas con un año de anticipación –es evidente que los conocedores saben de este lugar por más escondido que esté- sigo sin entender por qué la revista mandó a Chris y a Sue a tres horas de Manhattan para entrevistarlo. ¿Qué tiene de original, o fascinante este lugar? Es difícil llegar, no hay nada que hacer, no hay ni siquiera un baño como la gente, no hay aire acondicionado…

Después de hablar con él me decepcioné aún más, porque yo estaba convencida de que detrás de Reno Martins y de las ansias de Sue por irse de la casa de Rita y venir a hablar con él, había una historia fascinante. Pero no; no hay absolutamente nada. Sólo un ermitaño que vive para atender a gente excéntrica que camina media milla por un bosque oscuro para hospedarse en un cuarto sin ninguna de las comodidades que encontraría acá mismo, en cualquier hotelito de Saugerties.

Llego entonces a la conclusión de que Mariela Dabbah lo usó como distracción, como una forma de desviar nuestra atención en una dirección errónea, o sea que nos manipuló: nos hizo creer que lo importante estaba en lo que ella nombraba al pasar cuando en realidad estaba en eso que estaba contando en detalle. Porque si no hubiera querido distraernos, ¿para qué mencionó a Reno Martins? ¿Para qué lo metió en un cuento que no tiene nada que ver con él?

Odio cuando los escritores me hacen eso. ¿Por qué no pueden mantener una sola línea narrativa para que uno no se vaya por las ramas?

Hago la caminata de regreso a mi auto antes de que oscurezca porque no quiero que la noche me encuentre en esta jungla. Me voy desilusionada, irritada con la autora y con Reno por haberme hecho perder el tiempo cuando la historia a la que le debería haber prestado atención era la de Rita. Resuelvo pasar por su casa.

Como no tengo la dirección, paso primero por la casa de la señora Shatz que está cerca del cementerio y es fácil de reconocer por los conejos y los huevos de Pascua en el jardín. La mujer se asombra mucho de que en pocos días, le hayan preguntado dos veces por la casa de Rita, pero cuando le aclaro que todas trabajamos para la misma revista, lo entiende perfectamente.

Sin vacilar me da las instrucciones para llegar que yo había leído en el cuento pero que en ese momento no tengo presentes.

Si me preguntás qué busco, te diría que primero quiero verificar si Rita realmente vive aquí o si la casa sigue cerrada como la vieron Chris y Sue cuando volvieron del cementerio después de descubrir las tumbas de Rita. En este último caso empezaría a dudar si el cuento fue un invento de Mariela Dabbah o si en algún momento

Rita vivió acá pero después de haber hablado con las chicas, desapareció. En segundo lugar, si la encuentro, quiero hacerle todas las preguntas que las reporteras no pudieron hacerle; hasta podría llegar a escribir mi propio cuento a partir de sus revelaciones porque al fin y al cabo *Por siempre tuya* me dejó con muchas más preguntas que respuestas. Ahora que sé que esta es la historia que tengo que seguir, pienso averiguar todos y cada uno de los detalles.

Y si vos tuvieras la oportunidad seguro que harías lo mismo. Imaginate que estás aquí, en el lugar de los hechos, con la solución a todas las incógnitas planteadas por el cuento al alcance de tu mano, ¿te irías así nomás? ¿No intentarías averiguar si la Rita con la que hablaron las reporteras era la madre o la hija que se hacía pasar por la madre y quién es la mujer que está enterrada en la tumba junto a Robert McMannus (ya que por las fechas, Robert podría haber sido el esposo de la una o de la otra)?

NOTA FINAL

Hasta aquí llega el casete que dejó Kari Dupont en su mini grabador.

Debo aclarar que Kari era una lectora inepta que leía entre líneas lo que no debía, pasaba por alto lo que tendría que haberle interesado y sobre todo perdía todo el tiempo de foco lo fundamental, como se demuestra claramente en su encuentro con Reno Martins.

Era una lectora que buscaba escribir las historias que yo no quería escribir y averiguar datos que yo no tenía intenciones de revelar. No podía permitir que resolviera un misterio que le toca a cada uno de ustedes resolver. Por favor entiendan que no me dejó más opciones.

Cuando se bajó del auto que había alquilado para ir a entrevistar a Reno Martins y cruzó la calle en dirección a la casa de Rita, una camioneta -que venía a sesenta millas por hora- la atropelló. Murió en el acto.

Mariela Dabbah

Recibo correspondencia en

mariceladabbah@verizon.net

Para comunicarnos:

Mariela Dabbah

Briarcliff Manor,
Nueva York
USA

914-941-6980

mariela.dabbah@verizon.net

Se terminó de imprimir en junio de 2005
en los talleres gráficos de Edigraf S.A.,
Delgado 834, Buenos Aires, Argentina.